パール文庫

林檎

長谷川時雨 著

真珠書院

目次

小鳩

記憶をしまっておく手箱を前においてし考えているると、何をしているのかと訊《き》かれた。うまい返事が出なかったので、

『この箱の中から、誰かが、あたしを呼びかけているのです。』

というと、訊いた人はびっくりして、

『へえ？　君、巫女《みこ》みたいなのだね。』

幾分意地わるに、しかし笑いながら言った。嫌がらせてもいい、怒るどころではない、心がグングン呼びかけられるように、そっちの方へ集まってゆくので、おつきあい笑いだけをした。と、牡丹《ぼたん》の花のような笑顔があたしの胸に咲いて、美しく開いた眼から一つぶ、淡紅色《ときいろ》ルビーのような涙が、ぽろりとおちて見えた。

『あ、倭文子《しずこ》だ！』

とあたしはあわてて呟《つぶや》いた――

思出す近因《わけ》もあった。

昼間、あたしを乗せた自動車は、桜田門外を、日比谷の四つ角にむかって走っていた。いつもあの交叉点《こうさてん》のめまぐるしさにハラハラして、あそこを通るときには、目を反らすのが癖になっていて、今日もお堀の藻苅舟《もかりぶね》を見つづけていたが、ふと目をあげると、底照りの梅雨空を鳩の群れがおびただしく飛んでいた。いつも思うことではあったが、日日新聞社の屋上の塔や鳩舎《はとごや》が、震火に燻《くすぶ》ったままの、灰白な、さびし味のある建築《たてもの》の上を廻って、幾百となく翼を揃《そろ》えた伝書鳩が、面白い波紋を描いて飛びめぐっていた。

――あたくしは、なぜ伝書鳩を飼わなかったのでしょう、なぜ可愛がって、此処《ここ》まで抱いてこなかったのでしょう。悔みます、悔みますと書いた、洋中《わだなか》の汽船《ふね》からよこした倭文子の手紙が、この箱にあるのだもの、血のにじむような、やるせない運命をなげき、うったえてきた倭文子の言葉がそのままこの中に秘めてあるのだもの――思いだす筈《はず》だと、心がしめった。

ある時、倭文子はこんなことを言った。

『お姉さまのような方が見つかるのだったら、あたし米国《アメリカ》なんかへ、ゆくって約束をしなければよかった。』

あたしが委《くわ》しく聞きたがると、二十の彼女は、十三の少女のようにオドオドしながら、頬を染めて、

『でも、あたしの父の失敗で、親類中が悪くいうのでしょう、あんな気違いの娘なんて。だから誰の世話にもならないって言ってくれたのは、あの人ひとりだったものだから。』

彼女はそういって言訳《いいわ》けした。崖の上の、黄昏《たそがれ》のながい夏のはじめのことで、大きな榎《えのき》の樹の下で、サヤサヤ葉の鳴る風に吹かれながら、もう夕月の出るに間のないおりを、二人は草の上にいた時だった。檻《おり》から逃げ出してきた兎が、二人の前をピョンピョン飛んでいったり、お腹をながく伸して草の芽を食べたり、小犬がよろこんで飛び跳るように、踊るように丸くなったり、のびたりして、真白い体を、やがて昇った月影に艶《つや》やかに見せていた。

『あたし、あんなふうにして育ったものだから、我侭《わがまま》で――』

と、兎に手近な小篠《おざさ》の芽をつんで、投げてやりながら倭文子はいった。

『もと書生をしていたものが、中学きりでやめて、あたしのために働くから、決して親類なんぞの世話になるなって、あたしのために外国へ行きましたの。それが、このごろではね、妙に干渉しますのよ。一人でおくのは気がかりだから、米国へ一緒に勉強に行くことにしたって――』

その男は、いま、ハワイで働いてはいるのだけれどと、それだけは口籠《くちごも》りがちに、言うのだった。

『あなたその男に、なにか約束を与えたの?』

あんまり清げな月の照らす倭文子の面《おも》を見ながら、あたしは言いたくないことを聞いた。

倭文子は首の折れるほど俛首《うなだ》れてしまったが、なんにも言わない答えに、十六の彼女が、どんなに無邪気に無抵抗だったかを、いたましくもその姿が告げた。

『かんにんしてよ、お姉さま。』

彼女は突然、あたしの膝へ濡れた眼を押しつけた。

『だれもかまってくれなかったのですもの、あの人ばかりだったのですもの!』

二十才《はたち》でも、世の中に苛《いじ》められているといっていても、こんなに子供っぽい、雛罌粟《ひなげし》のようにあぶない女だもの、風のまにまに散らされてはと、その男をあやぶまずにはいられなかった。

『だけど悪い男ではありません。あたしのために無中になってしまったのです。お嬢さんを助ける、屹度《きっと》救うって、学校も投《ほお》ってしまったのです。米国へいって、二人で勉強しようっていうのですから、屹度それだけのお金が稼げたのでしょう。早く来てくれ、早く来てくれって、待ちきれなくなったと見えて電報でまでいってくるのですの。どんな男になっているか、あたしそんなに好きっていうのでもなかったので、よく覚えてもいないけれど——あの男は、あたしをひとり残して行くのが愁《つら》いって、それは泣いたの。大きな男だったくせに——』

彼女は草で、足許へくる蚊を払いながら、遠慮するように幽《かそ》けくほほえんだ。あたしは蚊帳《かや》つり草の茎《くき》を、指のさきで廻しながら、この女友《とも》もかなしいが、異境に、この女のために労働している男のことも思って、止めよとは言いきれなかった。なんという哀れな優しい男心であろう。富を積んだとは一言もいって来ない中から、汽船は一等に乗ってくるようにと、それだけの為替《かわせ》もおくって来たというではないか。

『恋なんて、いやだわ。あたしにそんな気持ちはちっともない。』

彼女に残された遺産こそ、もうちっともなかったので、男はその事を心配しだしたのだろうと言った。嬉しいのは米国にゆこうということで、不安なのは男がなにをして働いているかであった。が、彼女とて、若さに燃える希望は捨てていなかった。

『三年たてば、どんなことしても、屹度成功して帰朝《かえ》るっていっていますわ。その時ね、変な男になっているかもしれないけれど、許してやってね。』

そう言ってからは、もう行末の希望で一ぱいだった。彼女の胸の白帆《しらほ》はふくらむだけふくらんで、夢のような空想が、あとからあとから積みこまれた。

そしてとうとう行く日が来た。あたしの贈りものは、彼女の財袋《さいふ》に、米国金貨を一二個増しただけだったが、女の一生の晴れという諺《ことわざ》に、軽羅《うすもの》を染めて贈った。

その軽羅を着て、緋《ひ》の一つぶ鹿の子の長じゅばんを着た、彼女のデッキに立った姿は目覚めるようだった。彼女はホロホロしながら、たった一人の見送り人の、あたしの手を離さずに言いつづけるのだった。

『よかったらお呼びしますから、来年は屹度来てね、来てね。』

この人は、どうしても罌粟の花だ。十日あまりの航海に、荒い風よ吹くなとあたしは祈った。よき女友達もあれかし、男性の目には、あまり手嫋《たおや》かに、もろすぎると案じられもした。

その第一信が、

――あたくしはなぜ伝書鳩を飼わなかったのでしょう、なぜ可愛がって此処まで抱いて来なかったのでしょう、悔みます、悔みます……なのだった。

第二信はおそろしく調子が異って、酔っぱらいが、メチャメチャに弾くヴィオリンのようにヒステリックだった。

――愉快にくらしています。事務長が、それはもう実際真心から親切にしてくれます。それでも矢っ張り出帆後の一夜は、非常に苦しみましたが、翌朝はおみじまいをしてはべットに横たわり、また襦袢《じゅばん》ひとつ着ては横になりしていると、事務長が心配して、抱くようにしてキャビンを抜け、デッキのチェアまで運んでくれました。あたし誰とも――日本の婦人船客とはなしません。ハーバード大学へゆくオールドミスや、二等から繰上げの醜《み》っともない女たちばかりですもの。だからあたしは日本の婦人を代表したように、日本風で食堂へも出たのです。誇りをもったっていいでしょう、二十才なんてのはあたしきりですもの。他の婦人は、所謂《いわゆる》写真結婚の田舎女です。こんなに楽しいものならば、船の中ばかりにいたいと思います。何処までもいってしまいたいわ、実際それはそれは何事も忘れられるのですもの――あたしはセコンド・テーブルで事務長とならびます。キャプテン・テーブルに来いと言われてもゆかないので、中々パァサーが離しやしないさなんて、老代口の悪い五人組の代議士連が言うのです。面白いお話があるが此処には書けません。老代議士の土野《との》さんはお父さんぶって――あの日、あたしが大変熱を出したら室《へや》が満員の見舞客なので、此室は肺病のバイキンで充満してるから、早くお帰りなさいなんて追出そうとしたりするのです。事務長が非常に心配して、一日に七度も八度もいらっしゃるので、男の人たちが煩《うるさ》くって――なにもかもがあたしが中心なのですもの困ります。なんでハワイへ下りるのだのなんのと、その幸福な男の顔が見たいって――パァサーまでがそのことをいうのですもの。あたしだって、いっそ米国まで行ってしまいたいけれど――ある男が、あたしと事務長を嫉妬の眼で見つめているのです。丁度あたしたちの卓《テーブル》の前が鏡になっているのです。あたしはそれに撮《うつ》る、あたしたちを監視する後側の卓の人の顔を見て、笑いながら食べるのですが、その一挙一動を見のがさない男がまたあるのです。それは代議士一行についてきた記者なので、パァサーは新聞に出されては大変だと怖れています……

それを読んで、わたしは海の眩惑だと思った。可愛い小鳥が、船のなかで無聊《ぶりょう》な人々に保護され、すこし甘えさせすぎた消閑具になって、有頂天になっているのだと思った。却って悪ふざけする代議士連とかの方は気にもならないで、事務長の厚意がお互いの毒にならなければいいがと案じた。

その次のたよりには、

お姉さま、お姉さま、お姉さま、あたしは昨夕、真っ暗な洋《うみ》を見て泣きました。もうやがて、船をおりなければなりません、あたしは何処までも何処までも、一生船に乗って航海をつづけとう御座《ござ》います。島へひとりおりて、何が待っているのでしょう、あたしに恋がありましたか、あたしになんの希望がありましたでしょう、あたしはあの中学生の熱誠にうたれただけです、あわれな、世にもあわれなあたくしの十六！

パァサーは、最初あたくしが海をながめていると、なんとなくやきもきしていました。それはあたくしに伝書鳩がいたらと、お姉様恋しく、あとにして来た空を、なみだぐんで見つめていたころでございました。けれど、ハワイに待つもののことを知ってからは沈みこんで、あたくしのために大層苦しんでおられます。あたくしをその男にわたし、島へおろしていってしまってよいかと、信実心で考えてくれています。でももう、泣いても笑っても明日です、明日はその島に船が着くのです。写真結婚の女たちはざわついています。あたしは運命の前に悪びれはしません。が、哀れな心です。

暑い国に近づき、あたくしの悪熱はすっかり体を弱くさせました。病いは、どうも肺がいたみます――

それとおなじ便で、別な手紙も来た。それはもう上陸してから書いたものだった。

――とうとう、三千三百哩《マイル》離れた南洋の島からのおたよりです。あの人は出迎えに来てはおりませんでした。船の違ったことを知らないで田舎へ旅行をしたらしいのです。神様！　あたしは悪いけれどホッとしました。けれど、パァサーの心配は大変で、こんな土地にひとりで残してゆけないと泣くのです。なぜ出迎えないのか、あなたはのんきでも、あたしは腹が立つと怒るのです。船のことも投りだして、あたしのためにいろいろ、一夜中走り廻ってくれました。田舎へ旅行中だということもそのため翌朝になってわかったのです。いっそ米国まで――それは口に出せないが、その折の二人の心だったのです。でも、でも、もう春雨丸は出帆してしまいました。あたしというものを島流しにして！　あたしの心は船に乗って――パァサーのなげきはあたくしに残して……

その後の、たった一通の音信が、倭文子からの最後のものになってしまった。ハワイに待ち焦《こ》がれていた男は、やるせない嫉妬《しっと》から、わたしのところにまでさえ、彼女から手紙をよこすのを奪ってしまった。今日、こんなにあたしが彼女のことを思いだすというのは、彼女がやるせないほどだたよりをしたがって、また伝書鳩のことなど思いだしているからではなかろうか？　あたしの手箱には、もう一通こんなのがある。

――お姉様の小鳩、あたしはむこう見ずに巣を飛び出してしまって、案じられた通りになってしまいました。

真黒な男が、鉄砲弾《だま》のように飛びかえって来て、いきなりあたくしを抱上げました。それが彼です。彼は砂糖黍《きび》を苅る労働をしていたのだそうで、ヒリッピン人が仲間だそうです。丈《たけ》高い砂糖黍の茂みのかげでは、どんな罪悪も日の目から洩《も》れるので、殆《ほとん》ど命がけだそうです。みんなあたくしの為だと彼は哭《な》きました。そして此《この》ハワイ島からまた汽船へ乗ってヒロという島へ行かなければならないと言います。これであたくしのパァサーとはもう別れです。パァサーは帰航に逢うのをせめてもの慰めに出帆したのです。帰途によってみて、どんなに失望するでしょう。さらば！　あたしの若い生命！　お姉さま、あなたの小鳩はもう翼の自由がききません。ほんとに脆《もろ》い罌粟の花でした。花蕊《はなしべ》の散るがままに、どこに佗しく暮すのでしょう。ハワイなぞに思いのこす何物もないだろうと彼はいいます。失なわれる青春を、夢を、恋を、おなつかしさを、あたしはみんな此処にとどめて去ります。思えば此港の土に残した足跡が、二十年のあたくしの生きた思出です。さようなら、可哀そうなあたし！

何がそんな名残りがおしいかと問います。バナナとネーブルとにといいました。とても日本ではみられないバナナとネーブルオレンジの新鮮な色彩――かんにんして下さい、あたしはパァサーを思出しました。

住むところは、広い広い山の裾《すそ》原の、見わたせないほどな牧場に、沢山な牛が野飼にされているところで、雨水を溜めて飲むのだといいます。あたしの為には仕立ものをすれば一枚一弗《ドル》とれるようにしてあると云います。おお、なんたる幻滅でしょう。単純な彼は、そうまでしてつくす自分に、あたしが感謝していると思い信じています。

せまい土地では、彼が来た時、はやくもあたしとパァサーとの噂がもっぱらで、事務長はこの航海ぎりで職をやめられるだろうといっているそうです。彼は口に出しませんが真黒におこって、パァサーを女蕩《おんなたら》しと呪っているようです。彼の目の色では、あたしを砂糖の耕地から放たない決心でしょう。この悩《なや》ましさと、激しい炎熱に堪えられるでしょうか

——

（一九二七、八）

林檎

一

人の居《い》ない隙《すき》を見て、みちよが言った。

『御幸《おこう》さん、随分しばらくね、何時《いっ》から逢わなかったでしょう。』

『貴方《あなた》が八ツのとき、僕が七歳のとき。』

『十年にもなるわね、よくオッコーやいなんてったわ。』

『ああ、ミチイも覚えているね。外国では面倒くさかったから、はじめっからOKKOさ。』

『でもよかったわ。あたしが嫁《い》ってしまわないうちに来てくださったから。』

『僕ちっとも知らなかったのだよ、林檎《りんご》の花が見たくなって、此処《ここ》の家のこと思出して来たのさ。よかったなあ。』

『ほんとだわ、もう明日だと話も出来やしなかったのね。』

『だから、僕も明日帰ろうと思っているのだ。』

『あら、そうしたら大祖母《おおおばあ》さん猶《なお》泣くわ。』

『ほんとだあ、困っちまうな。僕の顔を見るとすぐ、僕の祖母《おばあさん》のことなんか言出して泣くんだからな、古い古いはなしだ。』

『だけどね、あなたのお母さん好い方だったわね、妾《あたし》、幼少《ちいさ》い時のことだけど覚えててよ。』

『僕も覚えてるよ。』

『あの方が在世《いらっ》しゃるとねえ。』

御幸は暗い眼を伏せた。思出は遠い、母と共に暮した日は、物心ついてからは外国での方が多かった。

『僕は大事な母さんだったから、母さんを抱いて帰って来たのだよ。』

遺骨を抱いて、寒い雨の日に、生れた日本へ帰って来たときから、華かな笑いが封じられたような御幸の身辺だった。

『僕ね、林檎の花を見に来たのだって、ほんとは母さんを思出したからさ。』

彼女はよく冬の暖爐《ストーブ》の前で、または南の風がライラックの花の香《か》を送るおりなど、まだ見ない大祖母《おおおばあさん》の国の、林檎の実のなる夏に行って見たいと言いつづけた。日本へ帰りさえすれば何時でも行かれるのにと、あんまり懐しがるので父に笑われたりしたが、とうとう故郷の土を踏まずに帰らない人になってしまったのだった。みちよもその事は聞いていた。

みちよは窓を明けた。雨上りの空はクッキリと浅黄色《あさぎいろ》だった。画《えが》いたように窓一ぱいにある一つの山は、濃い藍紫色で裾《すそ》のあたりは青紫に山の髄が透《す》いて見えるように匂っていた。そして其《そ》の前面は、見渡すかぎり低く高くつらなって、薫る白雲がたなびいている
――それはみんな林檎の花だった。

御幸はスット息を吸うようにして、窓に肱《ひじ》をかけ、両手で顎《あご》を支えたまま凝《じっ》と見入っていた。

御幸が不幸であるとは思えないが娘気には心許なかった。で、みちよは遠慮しいしい言った。

『ね、オッコー怒らないでね、こんなこと聞いてもね。いまの母さんいけない。』

『いいえ普通だ。』

『だって、あの方が来てから、家とはつきあわないのだもの。だから、ミチコウのことも知らなかったのでしょう。』

『そりゃ違うよ、ミチコウより好きな子が沢山あったからだよ。』

『どこで?』

『外国でさ、今もそれを思い出してたんだ。』

みちよの眼は赤らんだ。が、すぐに隠してしまった。

『そんな、大きな溜息《ためいき》ついても仕方がないよ。子供だもの、諸方《しょほう》に友達はあったさ。でも思出すのは一人か二人だね。』

『聞いてあげるわ、ね、話してごらんなさいね。』

『他ならぬミチコーだから聞かせてあげよう。僕一番はじめに行ったのは支那《しな》だったから随分ものめずらしかったのさ。』

其の折は上海へ着いて、南方を見物してしまってから北京に居付いていたのだったが、何処《どこ》で見たのか知らないが、ある晩大勢人だかりのしている輪の中を見ると、赤と青との服の二人の男が向きあって、さまざまな楽器を鳴らしていた。群集はその音楽で、不思議な幻想を、各々に描かされていると、やがて美しい少女を一人引っぱって来て、彼女を燃えさかる炎の中へ投込んだ。人々がアッと叫ぶ間もなく、忽《たちま》ちその炎は消え静まってしまって、何ごともなかった。その美少女は懐《ふところ》から一匹の毒蛇をとりだすと、頸《くび》にまいたり、手にからませたりしていたが、やがて自分の口の中へ、毒蛇を頭から入れていった。

御幸が驚いて泣叫けばなかったらば、その業《わざ》は猶つづけられたかも知れないが、彼が引付けるばかりにたまぎったので、楽器を鳴らしていた男達がガヤガヤ言って騒いで中止させてしまった。御幸の父は、自分の子供が彼等の商売のさまたげをしたのを謝《わ》びて、金を

やったり、見物たちには、こんな場所に子供を連れてきて、邪魔になったことを申訳けしたりして囲みを抜け出した。幾分の懸念は残りはしたが、御幸はもうあれで、あの美少女は、あんな物凄い思いをしなくなってもすむだろうと嬉しくも思っていた。

『熱が出はしないでしょうか？』

と優しい母は案じたが、ビクビク目を覚ましたのは其晩《そのばん》だけで、翌日からは汽車の窓に見る変化《かわ》った風物に、すっかりなぐさめられてしまっていた。水牛がいたり、西瓜《すいか》をかじりながら汽車を見ている子供たちを見るのが嬉しかった。

夏のはじめのある朝、早く目ざめて、寝室の窓の戸をあけて庭の方を見ていると、ライラックの花が真白に咲いている厨子《ちゅうず》の小舎《へや》の戸口から、可愛らしい女の子が、黄色に赤の模様のある服を着て出て来て何かしていた。よく見ると鶏《にわとり》を出してやっているのだった。その次の日の朝からは、その仕事が御幸とその娘との共同事業になってしまった。

『こういうふうに、丸い眼をして僕の顔を見る子さ。蛇を口に入れた女の子に似ているようだったけれど――言葉がわからなかったから名も知りやしない。じっきに居なくなったさ、厨子《りょうりにん》にきいたらね、肝をとって薬にする人にやってしまったって、ばかにして笑ってやがるのさ。』

『さ、おはなしの御褒美《ごほうび》。』

みちよは袂《たもと》から、まっ赤な、艶々《つやつや》した、丸い林檎をだして渡した。

『此処の夏の朝はね、目に見るかぎり林檎がこんなに赤くなるのよ。オッコーに見せておいたら、あたしのこともわすれやしなかったでしょうね。』

『そうだったかも知れないね。』

彼は素直にそう言って、林檎を掌《てのひら》でなでまわしていたが、それを巧《たくみ》に二つに割った。薄っすら青味をふくむ、まっ白な中に、黒い小さい核《たね》のあるのを眼で読みながら、

『ね、こんなことした子供もあったよ。それはベニスでゴンドラに乗ったときのことだった。向うの船にいた女の子がねそうして見せたの。何だか核を勘定していて（またお目にかかりましょう）って言うのだろう。すると不思議に、その晩向う角の家の三階の窓から、その女の子が顔を出して、僕を見ると笑ってるのさ。それっきりだけれど、ベニスの空色はそりゃあ素晴しかった。いまだって、水へうつった、あんな景色忘れられやしない。町の灯《ともしび》は、みんな川の水にうつるのだもの、僕たちはあれっきり逢わないけれど、この林檎の核がその時のとおんなじ数だったら、（またお目にかかりましょう）だね。あの時、僕たちの顔をうつした河の水は、今世界のどこでか落ちあって、顔がうつったまま逢って、あの子が笑ってるかもしれないからね。』

『素的《すてき》ね、全く素ばらしくってよ。』

明日は人妻になろうという十八の娘は、そうは言ったが不機嫌になってしまった。

『そんなにぽっちりしか逢ってない時間だのにどうしてその人たちを忘れないで、ミチコーは忘れてしまったの？　オッコー。』

御幸は困って、返事のかわりに林檎を噛《か》んだ。

あじきなく、みちよはそれを眺めていた。

二

蒔絵《まきえ》の鞍の上に、紫と、浅黄《あさぎ》と、緋《ひ》の鹿の子絞りの茵《しとね》を三枚重ねて、色縮緬《いろちりめん》の房を長く垂《た》らし、手綱までだんだら染に飾りたてた、艶やかな毛なみの乗馬《うま》を、窓の前を曳《ひ》いて通った。

みちよはそれを見てもなんとも言わなかった。御幸《おこう》が珍らしげにそれを見送っているところへ、みちよの母親が、手に鼈甲《べっこう》の前簪《まえざし》をもって来ていった。

『みちよ、明日のことならっておかんと、馬から嫁様がおちてはわるいがね。簪《かんざし》もさして見ぬことには具合がわからん。ついでに振袖も、ちょっくら着て見ておかんとわるいぞな。』

みちよは返事もしなかった。御幸は眼を輝かした。

『おばさん、あの馬へ、みちさんが乗るのですか？』

『はい、オッコーさん、ミチイの嫁御が乗りますわな、振袖着てな。』

『で、何処へ行くのです。』

『この林檎畑をぬけてな、堤ぞいに行《い》んで、川の上に船橋がありますでな、それを渡りますぞい、馬に乗ったままでなし。』

『あ！』

彼はハズンだ声を出した。

『明日の朝帰るっていいましたけれど、僕、ミチイの行くのを見てゆきます。晩にたちます。』

『は、それで、御馳走《ごちそう》うんと食べていってくださんせ。』

母親はよろこびに有頂天だったが、みちよは悲しげに外面を見やっていた。彼女の視線は、母親の指差した、林檎畑にそうて、堤をゆき、末遠い、山の端の下を流れる、水の方へと、果もなくもの思わしげだった。

『今夜は折角早う休まんといかんぞ。よそへいっては、家のように気楽ではいられん。』

母親は、明日の晴着をとりだしながら言った。それでもみちよはだまっていた。紫に牡丹《ぼたん》の花のは着代《きかえ》だった。黒地に松が枝、霞の裾には浪寄せて、藤の花房はゆらゆらと、千羽の鶴は肩にまで飛んでいる、それを着てゆくのだと母親は誇らしく御幸に示した。意匠《いしょう》したものの気転で、鼈甲の前簪も、藤の花にしたゆえ、ビラビラと前髪に垂れる花の房には、真珠のも、珊瑚珠《さんごじゅ》のも交っていると言って、みちよの島田髷《まげ》の前へさして見せようとした。

みちよは煩《うるさ》そうに頭を振って、

『そんなこと、明日でいいが。』

とつれなく言った。それでも女親はとやこうと、半分は御幸へ自慢もあった。

御幸は、今まで慎しんで口をきいていたみちよが、怒ったので土地なまりが出て、鼻にかかったもの言いをしたのが、子供の時に聞き覚えていた、ミチイの言葉つきを思出させて懐しく思った。自分が亡き母親が大好きだったのと反対に、ミチイは生みの母のむくつけなのが大嫌いで、誰の子と聞くと、

『林檎の子。』

と答えたり、さも信実《まこと》らしく、自分で作った幼稚なおとぎばなしをして、

『林檎畑さ出て見ると、よんべのうちにミチイが生れてあった。』

なぞといったりした。もうすっかり忘れきっていたような昔話が思いだされてきて、そこにその母親の居るのも忘れていってしまった。

『ミチコー思出したよ、そら、お前、林檎の中から飛出したのだね。林檎の子だねえ、そうだったろう。』

突然、ミチイの丸い顔も、林檎のように紅く染まってしまった。彼女の嬉しさが包めないようにはずんだもの言いで、

『ね、ね、矢っぱり忘れないでしょ、ミチイのことはね?』

『ああ、忘れてたまるものか。そうだったけな。なんだか林檎はなつかしいと思ったら、ベニスのあの娘より君の方がさきだったよ。あんまり仲よくしてたんで、却って忘れちまったのだねえ。』

『けれど、あたしはイタリーの少女や、支那《しな》の女の子みたいに綺麗《きれい》でないから——』

『うーん、そうじゃない。ミチイは美しかったよ。林檎のような頬っぺたをしていて、僕が噛んじゃったことがあったっけ。』

『覚えてる?』

彼女はうれしげに頬を両手ではさんだ。

『覚えてるとも——それに、今度は猶忘れないや。』

『屹度《きっと》?』

二人は意味のある眼を光らせた。みちよは涙呑《なみだぐ》んでさえいた。

『それなのに、外国の女の子のことばかりはなして——』

『だって、ミチコーは女の子だなんぞ思ってなかったのだもの、あんまり仲よしだったから、男の子のようだったよ。』

『しょうがないわ。』

みちよはポタリと涙をこぼした。

それを見た母親の眼は、イライラととんがった。

『あきれた人たちだなし。ミチイはもう家の人ではないがー、オッコーさんもすこしは遠慮さっしゃい。』

二人は冷たい水をかけられたようにだまってしまった。

やがてお幸が言った。

『いまのね、林檎の核《たね》ね。たしか二ツだと思ったよ。そうじゃないかもしれないけれど、イタリアの少女は慥《たしか》にそういったものね、(またお目にかかりましょう)って。』

『え、あたしだって言うわ、屹度またお目にかかります。』

三

ゆらゆら、ゆらゆら、春の日の堤の若草を踏んで、花嫁の乗った飾馬《うま》は行く。日の照り曇りが、山の端を遠くも見せ近くも匂わし、林檎の花の霞からは、日光に蒸された強い薫りがどこまでも追って来た。

船橋を渡って、向う岸に花嫁の一行が立った時、此方《こちら》の岸からリックサックを背負ったオッコーが叫んだ。

『林檎の子、さよなら！』

『屹度お目にかかります。』

向うの岸からも花嫁が叫びかえした。

燕来る日

一

菜畑が青味がちになってきた。明るい空から光って降る雨は、黒土《つち》の中に零《こぼ》れひそんでいる者を蒸大《ふや》かそうとし、首をもちあげさせようとする。雨が蒸上《むれあ》がると、人の心までうずく痒《かゆ》くさせた。

朝雨のあがった日の午前、今日はじめて姿を見せかけた南の国からの旅人の群れが、遠旅であるのにちっとも汚れ目を見せない、新調のような黒のつやつやしい上着に、白い胸許を広く見せた赤ネクタイの軽装で、ソワソワと、饒舌《じょうぜつ》に、互いに何処《どこ》に宿をとろうかと忙《せわ》しなく走《は》せ廻りだした。そして其中《そのなか》の一羽がある二階の窓へ（御機嫌よう）と飛込んだが、吃驚《びっくり》して周章《あわ》て身を飜《かわ》し飛出してしまった。

その窓こそ病身なおさわの寝起きする室《へや》についていた、六畳《ろくじょう》ばかりの、しかもたった一つの明取《あかりと》りのこの窓があるだけの室で、五六人の女達の共同の物置部屋に過ぎないが、おさわにはなくてはならない寝室であった。亜鉛《とたん》屋根はボロボロになって雨も洩《も》った。然《しか》し投上げられてある女達の寝具は、鼠《ねずみ》の巣になってもおしくはないほど穢苦《むさくる》しい。破れかけた行李《こうり》や古葛籠《つづら》や、菓子の空箱を化粧函《けしょうばこ》の代りにしたのなどが、風呂敷包みやら古新聞紙やら、表紙のとれた講談本などを一所に、積上げてあるというよりは崩れたままに、引出されたり投上げられたりしている。女中たちはすこしでも寝心地のよい床にと行くのを、働きものとしているので、夜は真暗な室であった。おさわも健康な日には店の卓《テーブル》を並べて寝たり、椅子《いす》をうまく具合して寝床をつくっていたのであったが、病《わず》らってからは、なるべく親方夫婦に思出されないところへ潜りこんでいた方が勝手だったので、とうとう何時の間にか物置住居《ずまい》になってしまった。

空は蒼《あお》かった。海の方から来る風も潮っぽいが晴た日の微風《そよかぜ》であった。けれども坐っていると、おさわの赤っ毛が漸《ようや》くすれすれな位の高さの窓へは、その爽やかな風は入らずに、下の室の横に突出した煙突の煙りが遠慮なく吹込んだ。それが階段の方の羽目にぶつかると、種々《いろいろ》な悪臭《かぜ》をまぜてまた狭い窓から潜《くぐ》りだした。燕《つばめ》たちさえそんなところにはとても宿をとる事は出来ないというように、軒さきや立木へ寄合って押問答をしている。

窓には紅《べに》のあとのある手拭《てぬぐい》やら髢《かもじ》などが釣るしてあった。色の褪《は》げた金布《かなきん》の二布が棹《さお》のはしの方に片寄って、恥かしげもなく旗か何ぞのように風に動いている。その下の狭い差出しには、一度店の飾りにつかった土鉢入りの深山《みやま》つつじが芽をふいて、小さな莟《つぼみ》をもっている。乾《ひ》からびた蜜柑《みかん》の皮だの竹の皮も散らばっている。窓から覗《のぞ》くと、目の下の流し口の溝《みぞ》ぎわに、痩た桜の立木が一本ひょろりとあって、もう葉になった中に、八重の散りそこなったのが、雨に洗われて、桜紙がへバリついてでもいるように、すっかり褪《あせ》きってくっついている。溝《どぶ》ぎわの地つづきは雑草とよごれた石と水溜りとで、海岸近い工場の裏構えのトタン塀のところまでつづいている。そして原っぱにはおさわの主人の飼っている家鴨《あひる》が五六羽と鶏とがいる。

おさわの枕許には何時もナプキンに包んだ食べかけのパン屑《くず》があった。盗みものではあるが新らしいのではないし、客の食残しだから、朋輩《ほうはい》たちがおさわに運んでやるのを主人も咎《とが》めなかった。おさわは顔も洗わず、口も漱《ゆす》がないで、幾日でも客の食残しのパンで凌《しの》いでいた。おさわの病気は医者も入らなかった。重くなれば死ぬだろうし、腹が空《す》けば起てくるだろうと投出されたままであった。鼠までがおさわをばかにして駈廻り、顔の上まで飛歩いた。真昼間でも図々しく出てくるのに馴れて、おさわも気味悪く思わないようになっていた。

正午《おひる》ちかくなると階段口から薄煙りが捲上《まきあが》ってきて、油でいためる肉の匂いと、火で焙《あぶ》る肉の香《こう》ばしいかざが渦巻いて昇ってきた。堅い陶器の皿へ金属のホークやナイフが触れあう音がチャラン、カチャンと良い響をおくった。おさわは空腹のおりに客の卓へ皿をはこんでゆくときと同じな、唆《そその》かされるような食欲の刺激に唾をはしらせた。起きていって皿洗いでも手伝えば残品を口に入れられるがとも考えた。あんまりしばらくパンと水しか口に入れないので味の濃いものが食べて見たくなった。

今日から起きてやろうと決心した時に、此侭《このまま》にしておけば鼠に食べられてしまうのだと、ナプキンの中のパン屑がおしくなったのでバターの沢山ついていそうなのから選《よ》って食べはじめた。するとそのとき、

『そら！　ソップ殻《がら》だ。』

と階下から突出してくれた。クックの爺が缺丼《かけどんぶり》へソップ殻を入れたのを差出すと、這出しておさわは丼をとった。薄い味のついている汁を吸ってから、指で鶏の肋骨《あばらぼね》をつまむと、そこらに付着している肉をせっせと前歯でとって、シュッシュッと吸った。けれど彼女の胃の腑《ふ》は充分には満足しきらなかった。階下から匂ってくる煎肉《あぶりにく》のジリジリ焼けるのに鼻を動かしていた。

燕は其間しっきりなしにしゃべっていたが、彼女は眼もかわそうとはしなかった。鼠は白いお腹を見せて飛廻っていたが、二三疋《びき》鼻を突合せて相談すると、自分たちも甘い匂いをおなじに嗅いでいるのに不公平だといわないばかりに暴れはじめ、おさわの膝のところ

までてパン屑のこぼれを拾いはじめた。憎々しいほど大きな赤ちゃけた鼠は黒い目を小《こ》賢《ざか》しく動かしながらおさわが鶏の骨を吐出してやると、すばやく噬《く》わえて逃げた。後の二疋はあたけだしたが、また吐出すと、近々と来て両手で持上げて噛《かじ》りだした。それを横目でじろじろみながら貪《むさぼ》りついているおさわの頭の毛も、鼠の背中とおんなじように赤ちゃけて、艶もなくざらっぽかった。さんざおさわがしゃぶったのを丼ごと突出すと、鼠は丼の中にはいって大騒ぎをしている——。

珍らしく早くから客があるのに給仕女《おんなたち》がまだ一人も帰って来ていないから、内儀《おかみさん》が怒っているだろう、こんな時に一人して店をやり廻して見たいとチビのおさわも思わないではなかった。腕を出して見て指に唾をつけてこすって見たりした。垢《あか》がよじれた下から赤みばしって白い皮膚が出ると満足した。けれど考えて見ると呼ばれるまで動かない方が好いような気がしたので、また床の中へもぐりこむと、ひやりとする寝具の汚れが恢復《かいふく》しかけた彼女の肉体に快さを与えた。そうして伸やかに足を揃《そろ》えて欠伸《あくび》をして見たりしたが、寝ていたのでは張合がないので飜起《とびお》てはらんばいになった。手を伸して朝日の空函《あきばこ》を引寄せたが、そのボール箱こそ彼女の大切な金庫であった。中から手製の毛糸の巾着《きんちゃく》を取出したが、十銭銀貨一個と小銭が二つ三つしかなかったので、もとのように投《ほう》りこんでやけに箱の蓋《ふた》をしてしまった。そして、午後になってからおめかしをして帰って来る朋輩たちの財《さい》袋《ふ》の重いのを羨《うらや》ましく思った。

二

おさわの足許には一個の小包が解かれあった。おさわの懐からは読《よみ》さしの手紙がはみだしていた。彼女はこの生活が抜出したくなったときに何時《いつ》もするように、窓に腰をかけて海の方へむかって遥《はるか》な空を思いやっていた。彼女はたまらなくなって頭を柱にコツンコツンぶつけ、両足をブランブランさせていた。桃色の封筒へインキの走り書の羅馬字《ローマじ》綴《つづ》りの宛名や、大きな消印《スタンプ》や、異った印紙などを眺めていると、急にむらむらとした発作に顔中へ封筒を擦《こす》りつけた。

『呼んでおくれよ。呼んでおくれってば姉さん！』

おさわは体をゆすりながら涙声で、駄々っ子のように喚《わめ》いた。

階下から男の怒鳴りかえす声がきこえた。おさわは頸《くび》を縮めて口をつぐんでいたが、誰もあがってくる者はなかった。彼女が沈黙したのを嘲《あざ》けるような多弁な燕《つばめ》の囀《さえず》りに気がつくと、おさわは頬に血の色を見せて身を乗出して話しかけた。

『お前、あっちの方から来たんだろう。』

燕は曲芸の太夫のようにヒラリと身を飜《かえ》しては電線にパッと取付いて、ツ、ツツ——と幾羽かが寄添っては離れたりしていた。電線《はりがね》は陽をうけて赤くキラキラ輝いている。原っぱでは鶏が餌をみつけて駈けてゆくと、集団《かたま》っていた雀《すずめ》の群れがパッと立った。家鴨《あひる》はギャアギャアと鳴きたてている。おさわはそれらを眺めているうちに胸がつまってきて思いだしなきに泣出した。

おさわは軽快な小禽《ことり》や、おどけた家鴨の歩きぶりなどから懐しい記憶を呼びさまされるのであった。いまもいま、手紙や小包を忘れずにくれた仲間と、一所に旅を廻っていた時分の事を思出しているおりもおりとて、一入《ひとしお》なつかしくなったのであった。窓の外の電線を渡る燕尾服《えんびふく》の太夫は、おさわが姐《ねえ》さんと呼んでいた女の面影を髣髴《ほうふつ》させた。

おさわもその仲間であった時は、まさか雀の群れではなかった。顔が醜《みにく》いので花形になれなかったが山雀《やまがら》のように飛んだりかえったりしていた。そうした生活の長い日がおさわを年頃には似合ぬ青しょびれた、痿《いじ》けた、発育不良な体にしてしまったのであった。鶏冠《とさか》を振りたてて、雉子《きじ》色の肩だけのマントを光らせた、青味のある黒い服を着た、長靴穿《ば》きで、鞭《むち》をふって馬を廻す男を思出させる鶏は、その時おさわを吃驚《びっくり》させるほどの叫声をあげて鬨《とき》をつくった。おさわは六頭の馬が、その男の鋭く鳴らす鞭の風と口笛とで、従順に曲芸場のなかを円形《まる》く廻るのに飛乗って、種々《いろいろ》離れ業をして見物の喝采《かっさい》をうけたことなどを目にうかべた。家鴨のような不具な生れの道化かたが、自分の乗廻す馬の廻りをまわってトンボを切ったり妙な声をだしたりしている様や、見物の笑声の渦さえ明瞭《はっきり》と生返らせて思出に浸った。どんなに甚《ひど》いトヤのおりでも、今の身のようにパン屑ばかりは食べていなかったと、味覚の上からも現在の有さまを罵《ののし》りたい気持になっていた。

『なんだ大福餅やシュウマイなんぞ……あちに居りゃあ鰻飯《うなぎめし》でも天丼でも珍しかあないや。』

朋輩《ほうはい》たちの鼻薬のことから、つづいておさわは姐さんの肉体のことまで考えた。いまの朋輩の女たちは豚や猪《いのしし》を思わせるが、姐さんは艶々として滑《すべ》っこかった。しなしなした体はどんな服装をしてもよく似合った。本当に姐さんは親切で美人だったと思ったとき、何《い》日《つ》か興行師《おやかた》が言ったことを思出した。

『日本服は割合に似合わないな。』と。

おさわはある日の夕べ、姐さんの口からこんなことを聞いたことがある。

『わたしのお父さんは立派な病院の博士なの、私と一緒に弟も買われていたのだけど、今じゃ親達の方へ買返されたのさ。逢いたいけれど、ちいさい時の話で、先方じゃ覚えているかどうだが。』

おさわは姐さんからその弟のかわりに可愛がられていた。興行師は打消ていたが、他の座員はおさわのことを乞食の子だといっていた。養育院へやられるのを拾って貰《もら》ったのだとも言った。姐さんは掻《か》っさらわれてきて、金で買返えそうとしても、死んでしまったと嘘を云って渡さなかったほど大事な金玉《かねだま》だから、お前とはあんまり身分が違いすぎるとさえ言われた。

その曲芸団の一行が内地ばかり廻っていたころであった。ある地方へ乗込んで、小屋がけや町触れに忙《せわ》しながっている中を、姐さんはおさわを連れて遊びに出かけた。姐さんの持《もち》ものは贅沢品《ぜいたくひん》ではなかったかもしれないが、兎《と》に角《かく》都会の流行品《はやりもの》であった。幾日も幾日も菜の花の咲きつづく路《みち》を、馬車に積んだ荷物と、後になり前になりして雲雀《ひばり》のように唄い騒いで歩きつづけたあとゆえ、二人とも宿でも借りて寝ころんでいたかったが、天幕《テント》がけの定小屋では宿屋へはいるのを許さないし、美しい姐さんは直《じき》に人目について、馴染もないところから呼ばれたり交渉がうるさいので、ひとつはその悪魔除けに出かけたのであった。丸い欝蒼《こんもり》した丘にあがって畑路を越すと、鼻についていた菜の花の匂いが抜けて青々した木立ちと、それを越しての遠くは、紫や藍や、はては白っぽく霞んだ山ばかりが連《つづ》いていた。

『あっちは海かねえ？』

おさわの問うのを姐さんは面倒そうに、

『どうだか。』と答えたぎりで、洋傘《こうもり》を上向きにしてそれへ腰をおろしてしまった。

『お前ともしかすると別れるのだよ。』と姐さんは暗い顔をした。

『内地じゃ仕方がないから外国へゆくのだとさ。』

『出稼ぎ？　どうしてあたしと別れるの。』

おさわはどもりながら飛付くように訊《き》いた。

『お前はもう動けないとさ。遠くへ出てから体がきかなくなっちゃみじめだから。』

『じゃ、うっちゃられるの？』

『なんだねぇお泣きでないよ。今っから。親にだって捨てられる私たちじゃないか。』

姐さんはそう言って溜息《ためいき》を吐《つ》いた。

『お前、お父さんやお母さんを覚えているかい。』

おさわはしゃくりあげながら首を振った。姐さんはまた溜息をふーっと吹いたが、

『仕方がないよ。旅先で捨てられたようなものなら死ぬっきりだあね。日本にいれば養育院もあるけれどね。――だけど却《かえっ》て私の方があぶないね。帰ってくることが出来ないかもしれない。』

姐さんはだまって紙入れをだした。入物でやると知れるからと云って中の紙幣だけを幾

枚かおさわに渡した。

『お前と一緒に居るのもこの土地っきりになるかも知れない。けれども、何処《どこ》に居ても体を大事におしよ。こんな商売はなるたけお止めよ。何時頭でも割って死ぬか知れないから。』

『私はもう死んじゃう方が好いよ。』

そう言ったおさわは、其晩《そのばん》馬の背へ飛移る時に踏外して足を折り気絶してしまった。

三

『どうして此処《ここ》に居ることが分ったんだろう。』

おさわは不思議でならなかった。それにしても二年ぶりで受取った姐《ねえ》さんの便りは彼女を力づけた。手紙には生きているときいて嬉しかったとも書いてあった。内地へ帰って逢うときには立派な指輪をもっていってやるとも書いてあった。団員《なかま》にもお前がそうして生《いき》ているという事を話してきかせたらば『あのチビにびっこをひきながら酒をついでもらって飲む奴が日本にはいるかなあ。』なんて憎まれ口をいう奴もあったとある。

港の方で停泊船の打鳴らす鐘の音がきこえた。はいってくる船の長くひっぱる汽笛もきこえてくる。おさわは何時になく首を伸して海岸の方を懐しそうに覗《のぞ》いた。工場《こうば》の大きなドックが邪魔をして港の方は見られないが、海の色は紫藍色に眺められた。工場の方からはガンガンと鉄板を打つ音が響いた。

『そうだ！　運三《うんぞう》の奴だ。』

おさわは思いついた名を飛上って叫んだ。

風来坊の運三は、日本にいるかと思うと大連《たいれん》に居たり、ロシアに行ったりしている。この頃ではアメリカへ行っているということだ。彼奴《あいつ》ならば、いつも姐さんの自慢をすると『びっこの姐《あね》えなら腰抜けか？』なんて蔑《けな》していたが屹度《きっと》彼奴に違いない。でなければ姐さんに私のことを話す者はないから――おさわは周章《あわて》て手紙を引っぱって見た。ペンの走り書きなのと、字がちゃんと書けていないのと、仮名が多いのと、おさわがよく読めないので充分なことは分りかねるが、ハワイで内地から来ている船のものにきいたからと書いてあったのが、こんどはやっと読めた。

『そらね、やっぱり運三だったのだ。』

彼女は胸をワクワクさせて体をゆすった。運三ならば何もかも、知らない事までおまけにして話す奴だから、姐さんにすっかり話してくれたに違いないと思った。それよりもおさわの心を波立せ、擽《くすぐ》るように楽しくさせたのは、運三が航海から帰って店へくるだろうと思う心だのみであった。そう思うと今日、いまにも店口から、

『素的なもんだぜ。やいこの阿魔《あま》たち、素的な話しがあるんだ。』と喚《わめ》きちらしてはいってくるように思われてさえ来た。運三が馴染の女のようにでも云おうものならば許しはしない。

『嘘だよみんな、此奴《こいつ》のいうことみんな嘘だよ。姐やの金剛石《ダイヤ》を見ておくれ、船長さんにだって、どうなるものか。此奴はね、お使い賃を貰《もら》って来たに違いないよ。』

そう言ってやれば運三のことだからけろりとして、

『そうだ。全くそうだ。偉い奴だよほんとに。やい貴様ら、うぬ、勿体《もってえ》ねえぞ。あの女のことをただ聴くっていう話があるか？　酒を出せ、うんと出せ。』と威張りちらすに違いない。酔っぱらってしまうと私の肩をつかまえて、

『有難い。この娘がいたからだぞ。お前と知合だったてえのが俺の名誉だったのだ。どうだみんな、羨《うらや》ましがられたぞ。』

って、頰摺《ほおず》りなんぞしようとして……よせ、よせといわれても小突れても何処までもやめない——

けれど、日本へ一番近いところへ来てるんだというのに、まだ帰られないと書いてある

のはどうしたのだろう。お前の居る方の空は近いのだと眺めているけれどもまだ行かれない。明日は立ってしまうだろう。日本人が多く居るので猶更思出す――とおさわは一度読んだ手紙から、まるで新しい、初めて読むような姐やの声をきいた。さっきはあんまり嬉しかったので、夢中で文字を眺めて読んだつもりでいたのだった。

――あたしは思ってるだけのお金が溜ると逃出してしまう。日本へ帰ってお前も楽にしてやる。あたしは贅沢《ぜいたく》にくらしているけれどつまらない。着物もありすぎるほどあるし指輪もどっさりもっている。日本へ帰ったら一度でよいから立派な姿をして、あたしのお父さんの病院へいって見る。済まして、患者のつもりでいって顔だけ見て来たい。その時にはお前も立派にして連れてってあげる……

おさわはそこを読んではニヤニヤと笑った。病院へさえやって貰えれば、体もすっかりよくなってしまうし、こんなケチな酒場の女なんぞしていなくってもすむ……が、そう悦んだあとを侘《わび》しい影が訪れた。立派にしてもらっても自分には見にゆく片親さえもない……

『このおたまじゃくしめ、貴様なんざ溝《どぶ》のなかで生れた奴だ。蛆《うじ》の親類だ。』

いつぞや酔っぱらった運三が、おさわのことをそう言って怒鳴りつけた。彼女はいまふとそれを思出した。

おさわは曲芸の仲間だったころ団長から「山雀《やまがら》」という仇名《あだな》をつけられた。姐やがそれに反対して、山雀は身が軽いが綺麗でないからと、「駒鳥《こまどり》」と名づけてくれた。それがいつか芸名になって、道化かたが見物にむかい彼女を指差して、

『彼女は駒鳥です。』と云っておじぎをしたりした。おさわにとってはそれは大きな誇りであったので彼女は蛆の親類でおたまじゃくしだと云われた時激昂《げきこう》して、駒鳥太夫だった過去や、姐やのことまで運三にきかせたのであった。それが奇縁となったとはいえ、溝で生れたということだけは何ともいえなかった。

『あたいには親がない……』

彼女の心はしばし悲哀《かなしみ》に蝕《むしく》われた。姐さんが居ない世の中なれば、自分なんぞはいても居なくっても、誰もなんとも思ってくれない人間なのだと思いはかなんだ。

階下では淫《みだら》な笑いごえがドッと起って、姦《かしま》しい言葉が入乱れてきこえた。おさわは朋輩たちが客を連れて帰って来たのだと知ると、いきなり窓から飛下りて、小包をひっかかえ隠そうとした。彼女はあんまり嬉しくって、小包の紐《ひも》をといておいて、それよりもさきに手紙を読んだ。そしてもうそれで満足して酔ってしまっていた。小包の中味を見もしないで大事にしていた。いえ、一度は目を通したのだが、周章《あわて》たのと目が眩《くら》んだのと、手に握った柔らかさですっかり一ぱいになってしまって、広げたところを他人に見せまいとして

また包んでしまったのであった。中味はどんな品なのかまだよく見もしなかったのである。彼女は寝床の上にかえると大急ぎで包みを開いた。中には絹の洋服がギシギシ丸めてあった。それを広げると中からスリッパのように薄くて軽い、みどり色の天鵞絨張《ビロードば》りの靴も出てきた。それよりも、それよりもおさわの目を吸い寄せたのは、美しい装いの姐さんの写真であった。

おさわは幾枚かの写真を、丁度骨牌《かるた》を持ったときのように展《ひろ》げて、それからそれへと目をうつし、引きぬいては差替えて眺め入っていた。さんざ見厭《あき》るほど見てしまうとこんどは洋服をひっぱって見た。鳩羽鼠《はとはねずみ》に白い飾りをつけた仕立も色も瀟洒《しょうしゃ》なのであった。おさわの胸はわくわくしてきた。肩をすぼめて見たり背骨を伸して見たりしている彼女の目の色は、めずらしく艶やかになって光りをみなぎらした。

彼女は写真の中に、この服を着たのだと思われるのが一枚あるのを見出して、それを手本にして着て見ようとした。ボール箱から櫛《くし》を出して頭髪《あたま》を掻《か》いたりした。そして、そうしているうちに、姐さんのような姿をして、店の緑色のカーテンの前に立って、今夜ひとつ、優しい手品でもつかって、酒客《おきゃく》どもをアッと喝采《かっさい》させてやろうかと計画《たくら》まないでもなかった。そのくせ騒いでいる女達の笑声が階下からきこえてくるとギョッとして、すぐにも床のなかへ洋服を隠すことが出来るようにしておいた。頭髪をまるめてしまうと、向うの隅にある鏡へうつして見て、横を見たり、上目をしたりしていたが、どう思ったのか突然床の上で靴を穿《は》きはじめた。

『おさわさん――ばかに忙がしいのだがね、どうしても起《おき》られない？』

階下から朋輩の一人の声がすると、おさわは洋服をかかえて、靴を穿いたまま床の中へもぐりこんでしまった。そしてその中から、押しつぶされるような声をだして、

『おきても好いけど……洋服を着ても好い？』

『なんだって？』

階下では呑込《のみこ》めないような答えをしたが、それっきり声もかけなかった。みんなしてドッと笑う声がしたので、起きようとしていたおさわはプッとふくれて、頭から夜着をかぶってしまった。（一九二二・四）

尼僧物語

一

梅咲く里に、雨露をしのぐばかりのささやかさではあるが庵室《あんしつ》がある。しかもその崩れかたむきかかった庵《いおり》には、主の年老いた尼僧を頼みにして、三人の弟子尼《でしあま》も居た。

寺領も収入も何ももとよりあろう筈《はず》はない庵室である。何時《いつ》のほどにいかなる人が造ったのか、侘《わび》しゅうも仏一体を置いたままに無住になって、いたずらに狐狸《こり》の住家となっていたのを、ある折行脚《あんぎゃ》して来た老尼僧がその軒下に休《やす》らって、戸の隙間から覗《のぞ》き見して、勿体《もったい》ないことだと蜘蛛《くも》の巣をはらい塵《ちり》をぬぐって、両三日其処《そこ》に止まり看経勤行《かんきんごんぎょう》していたのを、ふとかけ離れた村の者が見出して、是非錫《しゃく》を止めてくれとひたすらに引止めたのであった。老尼はもとより行手を急ぎもしなかった。何処《いずこ》にあって経を読むも仏へつとめるはおなじことと思って止められるままに杖《つえ》をとどめた。その折は長くと言われてもその身の臨終まで其処に居ようとは思いもしなかったのであったが、そうこうする間に老尼のところにも二人三人の弟子尼が出来るようになったのに、其上《そのうえ》もう修行の旅へ出かけるには、体がゆるさぬ高齢になってしまったので、何時しか此里《このさと》に、此《こ》のやさしい里人に取巻かれ、弟子尼達の手で介抱されて、往生安楽の骨を埋めようと思う気になってしまった。

弟子の尼達もまた、光り輝く本堂こそはなけれ、ささやかな本尊一体を守護して、乏しいとはいえまずしい暮しではない庵室にいれば、それこそ世間離れて、すこしの労《わずら》わしいこともないので、どんな折にも出ていってしまおうと気のそれる事などはなかった。老尼が死んだあとは年長のものから上へ登って、そして段々に老尼の通りに静な清浄な終りを此世に告げようとしつつあった。庵室ではものが乏しくなればみな打揃って托鉢《たくはつ》に出かけた。遠い里まで行くものもある。近い村を廻るものもある。そしてどうやら幾日かをささえる物資が集まると、尼達は居まわりの畑を耕して、四季の蔬菜《そさい》を楽しみのように作った。そして初実《はつな》りを仏へ手向《たむけ》る代《しろ》とした。

そうした近廻りの行脚托鉢の帰りに、老尼が旅に行き暮れた尼を連れて来たのが、一人の弟子であった。遠縁の者で世を儚《はか》なんでいる故に、ぜひ尼にしてと里の者からたのまれて、その庵室で頭を丸くさせたのが一人の小まめに食物のことなどを世話をする弟子尼であった。その三人で長らくの間この庵室は安静な、いつの日もかわらない日課を繰返していたのであった。

近くになってから一人の駈込みがあった。まだ年若い、すぐれて美しい顔をもった女であった。この庵室が禅宗であると聞いて、鎌倉の尼寺のつづきあいであろうと思い駈込んで来たのであった。鎌倉の尼寺の掟《おきて》は、いかなる難渋の事情があろうとも、寺門へ駈込めば、夫であろうと親であろうと、無暴な制裁は加えられないことになっていて、世間のせまい女が男の圧制に堪えかねて駈込めば、仏の弟子である以上、男の暴圧から救われたのである。そうした寺門の末であろうと若い女は飛込んで来たのであるが、然《しか》し庵室にはそれだけの寺らしい格式はなかった。ほんの老尼の雨露をしのぐ庵に、弟子が二人出来ていたまでであったので、若い女の望みは水泡《みなわ》となってしまった。

然《しか》し老尼は、そうして行詰って逃れて来たものをすげなくしようとはしなかった。老尼はどうかして仏門に帰依《きえ》して来た、この悩みの深そうな女性の心を平静にしてやろうと憐《あわ》愍《れみ》の眼を向けた。そしてその為にはよしや迷惑がかかろうとも、それはいとっていられぬことだと優しい心に自問した。それで何事も、当人が言いたがらぬようなことは問わずに、何日までも此庵に忍んでいるがよいという事を言ってきかせた。

『おなさけ深いお言葉をうけたまわって、私は生返った心持ちになりました。私はどうともしてもう少し生ていたい身なのでございます。いま死ねば本当に無実に死ななければなりませぬ。庵主さまのおなさけでどうぞお隠匿《かくまい》下さいまし。けれど万一私のために御面倒をかけましては……』

と若い女は心から感謝して言った。その折懸念そうな顔を見合している弟子尼の方へ、寧《むし》ろ言聞かせるようにして老尼は言った。

『人を助けるは仏の本願でございます。貴女《あなた》をお救いもうしたために、わたくしにどういう事か廻りあわせてくるとしたらば、それは余儀ない障碍《しょうがい》で、貴女がわたくしに気の毒がりなさる事はすこしも御座《ござ》いません。みんなそれもわたくしについている輪廻《りんね》なので御座います。そんな事はすこしも心配なくお在《いで》なさるのがよい。何品《なに》ひとつだとてわたくしのものを差上げるのではない、みんな恵まれたものをお裾《すそ》分《わ》けするだけのことで、此庵にいるものは四人でも一人でもおなじことゆえ、気をおかずに伸々《のびのび》となさるがよい。』

『有難い御言葉をうけたまわりましただけでも、この日頃の鬱《うさ》がはれまする。やがてはお耳に入れるでもございましょうが、わたくしの心が落着き、もすこし分別が出来るようになりますまで、身の上をお明しもうすことをお許しねがいます。ただ申上げておきたいのは、わたくしは決して曲った事をいたしておいて、命ほしさに逃げかくれいたすのでは御座いません。言うに言えない切ないことがございまして、身を全うせねば明りがたちませぬ故に無理にも生長らえようとしておるので御座います。それをまた、訳を知らぬものは、死ね、死ねといってきかぬので御座います。』

そう言いさして若い女は、流石《さすが》に気丈そうに見えても胸がせまってしまったように言いさしうなだれていた。

『仰《おっ》しゃらずとも、知る時がくれば知れましょう。いずれは切ない訳がなければ、尼になろうとの決心はつきませぬ。見かけるところ、よほど疲れてお在らしい、幾日なりと咎める者はないゆえ、次の間でゆるゆると休んでいられたがよい。』

その日から若い美しい尼が此庵に一人増えたのであった。老尼は托鉢に出そうとはしなかったが、彼女は折々出て見たそうにした。頭《つむり》も落飾《おろす》におよぶまいといったのであったが、いつの間にか当人が削尼《そぎあま》になっていた。

庵室は里居からも立離れていたので、めったに訪れるものはなかった故、そうした若尼の来たことを知る人もなかった。

一人の弟子尼は、他の二人が庵のなかに見えない時をねらって老尼にこんなことを話した。

『貴尼《あなた》さま、あの清鏡尼《せいきょうに》は子持ちでござりますぞえ、貴尼お気付きでござりますか？』

『そうかも知れぬ、女子ではあり、若い身じゃものな。』

『けれど貴尼それが……』

その折、清鏡尼と名をよばれるようになっていた若い女は野の草の花を摘《と》って、それを仏前にあげに来たので話しかけていたものは口をつぐんでしまった。

『おうおう美しい花じゃな、もうそんなのが咲いたかな。』

彼女はたんぽぽや菫《すみれ》や蓮華草《れんげそう》を摘《つ》みためて鉢に盛って来たのであった。

『野芹《せり》を摘みにゆきましたらあまり美しかったゆえに——』

と彼女は答えながらまた出ていった。老尼は、今更に日の早くもたつという風に、摘みあつめられた花の色に眼をやっていた。

『貴尼、何がお珍らしいのでござります。桃も咲いているではござりませぬか、椿《つばき》はもう末でござります。もうとっくにわたくしが摘んで、こしらえてあげた草餅を召上ったではございませんか?』

『いや、それを忘れたのでない。』

老尼は他の事を考えていたらしく、沈んだ声で答えた。

『それででございますね。』

草餅を忘れられなかったときくと、直《すぐ》にそのままの話のつづきへ結びつけていった。

『貴尼さま、清鏡尼の子はまだ乳飲《ちの》み子《ご》なのに相違ございませんよ。』

とその尼はわざとらしく眉根を顰《しか》めて見せた。

『わたくしは決してあの尼の悪口をおきかせするのではございませんが、貴尼さまに、こうしてお世話になっているのに、いまだに素性をかくしているという事が憎らしい気もするのでございます。それは貴尼あの人も若い身で、それに此間まで在家にあって、何事かわけのある人だという事は知れきっております。だから、すっかりお明しもうしてしまえばわたくしだってこんな告口《つげぐち》めいたことは言いたくないので御座いますが、あんまり秘《かく》そうと致しますから却《かえっ》て目にも付くので御座います。全くあの女は子供を生んだばかりで逃て来たものと思われます。』

『それはそうかも知れない。深い事情のある人だとははじめから知れていたのだから。』

『そう仰《おっ》しゃればそれ迄でございますが、あれは見憎うございます。尼としてはいやらしゅうございます。』

『若い者は自然になまめかしゅう見えるものなのじゃ。花とおなじことではないか。清い蓮花《はす》でも清浄なうちになまめかしさの添うものじゃ。なまめかしいというたとて厭《いや》らしいものではない、艶《えん》なものという昔言葉がある。優美さというものではないか。自然にもった湿《うるお》いで、若やかなものばかりがもつものゆえ、汝《そなた》の年になると羨《うらや》ましくなるのであろう』

『まあ！　何を仰しゃいます。わたくしが清鏡尼を羨ましがるなんて、そんな厭らしいことは仰しゃって下さりますな。尼僧には不用なあの人の容貌《きりょう》でござります。あれは却て身の不利益にはなろうとも、入用なものではございません。それよりは貴尼さま、清鏡尼が何をしていたとお思いになります。私が子持ちだと見きわめましたについて――』

『巾着《きんちゃく》でも縫っていたのか？』

『いいえ。』

弟子尼はいささか呆れた顔をした。巾着なんぞ縫っていたぐらいで――と言いたそうに、口のあたりをむずむずさせた。

『よだれかけを縫っていたのなら、あれは私が頼んだのだから。』

『何の御用で？』

つまらない枝路《えだみち》に話が引っかかってしまったと思いながら、それでも弟子尼はたずねかえした。

『里外れの地蔵さまのな、あれがあんまりひどうなっていたゆえ、輪鉦敷《おりんし》きを縫って貰うついでがあったのでこしらえさせたのじゃ。』

『わたくしのお聞かせもうしたいのはそんな縫物なぞの事ではございませぬ、実は……』

『まあまあよい、また聞く折があったら聞きましょう。あの人は弟子というてはいるが、ほんの匿《かくま》っておくだけのことではないか。わたしらとおなじ尼法師ではない、何をしてもよい。』

『何をしてもよいとおっしゃりますが、この庵室にいるうちはしてならぬことも御座います。それにあの人の身の為としても、尼らしくしていた方が人目にたたぬかと思われます。尼のような風体をしていながら、胸を広げて、乳を絞っていられては、見る目が厭わしゅうございます。』

老尼は何とも答えなかった。弟子尼はあまり語気がはずんで、老尼を言い詰めたような気もしたので、すこし手持ちぶさたにもなって語《ことば》をゆるめてつづけた。

『といって、咎目《とがめ》だてをするのではございませんゆえ、悪くお汲取りなされては困りますが……それは私も、実は見たときには当惑もいたしましたり、気の毒にもなりました。昨日のことで、裏の山の方へすこし登って見ますと、ちらりと清鏡尼の姿が見えましたゆえ、わたくしも急いで其方へ参りました。声をかけたのでございますが聞えなかったのと見えまして、今まで樹《き》に寄りかかって、考えごとをしていたように姿が見えたのが急に見えなくなりました。どうなされたのかと私は急いで参りました。決して他人の秘密が見たくって、知れぬように探りにいったのでないことは御承知なさっておいて下さいませ。そういたしますと、見えなくなったのも道理ではございませんか、清鏡尼は木の根がたにしゃがんでいたので御座います。そして貴尼、胸もとを押拡げておるので御座います。いかに人里離れたところだといって、誰れが見ようものでも御座いません、現にわたくしというものが発見したではございませんか。あの人は女子のつつしみもなく胸をおしひろげていたので御座います。』

老尼は当惑したような顔をしていた。聞きたくもない事をきかされる迷惑さに、口のうちで妙法蓮華経を繰返していた。

『で、わたくしが子持ちだと申したのはそのおり実証を見たからで御座います。あの人は胸を拡げて何をしていたと思召《おぼしめ》します。乳を絞っておったので御座います。乳房をもんで乳汁を絞りだしていたのでございます。』

それを聞くと、老尼はさもいたましげに眼をしばたたいて軽く頷《うなず》いた。

『公孫樹《いちょう》の芽の出ている大木のかげでは御座いましたが、みどりの野草の上へ真白い乳汁がすっと走るので御座います。あの人は眼を真赤にはらしておりました。たしかに思いだし泣をしていたに違い御座いません。こうして庵主さまにかくまわれて、やっと長閑《のどか》でいられる身分のくせに、あんなところを見られたらどうなりましょう。わたくしは他人ごとと思えず身顫《みぶる》いが出ました。在俗《ざいぞく》のおりのことはふっつり思い断《き》らなければならないと言いきかせなければ……』

『いやいや。』

と老尼はその時はじめて口をきった。

『人目を避ければこそ山の方へまでいったのであろう。乳房の張る痛みより、もっともっと切ない苦しみが彼女の胸の中には一ぱいであろう。目を泣きはらしていたというに無理はない。おなじ女性でも私達は頭を丸めている世捨人じゃ。そのうえに彼女とは話のあいようもないほど年齢がかけはなれすぎている。憐れなものではないか、よう堪えて居ることじゃ。』

老尼が清鏡尼に充分の同情をもっている日頃も知っているので、告口ではないといっても、珍らしいものを見出した告口をした尼は場合が面白くなくなった。仕方がないので目をパチパチさせていたが、

『それはもう、そう仰しゃればそうに違いは御座いませぬ。庵室の居廻りであのような様子をされては、それこそ猶更困ったことで御座います。と、いって出る乳汁をあのままにしておけば腐《くさ》って、病気になるのは知れきっております。まあどうも、山の方へでもいって絞りすてるよりほかはございますまいが、夜分にでもしてくれればよいのに……』

『そりゃ無慈悲じゃ、仏さまはそんなことを言えとおっしゃりはしない。出るものならば寺の中で絞っても大事ない。それを憚《はばか》って隠れてすてるところに遠慮というものはあるのじゃ。また見た方でもそれを見たふりをせぬところに情《なさけ》があるものじゃないか。のうお許《もと》

はそう思わしゃらぬか。』

『なるほど左様でもございました。然しどうがなして乳の出るのを止めてやる工夫はないもので御座いましょうか。』

『わたしはそうした覚えがすこしもないゆえ分らぬが、お許は知っているであろう。』

『ええも、それは、その侭《まま》にしておいても、やがて止る時が参れば絞っても出ぬようにはなりますが……』

この尼は身の不仕合《ふしあわせ》つづきがもとで、庵主の許に頼んでおいてもらうようになった方のであった。何故か顔を赤くしてもじもじしていたが、

『庵主様もお人の悪い。』

というようなことを心のうちで呟《つぶや》いていた。曾《かつ》て大勢の子供を生んだことを思出して顔を染めたのであった。

『別れた子というものは別して思出すものだというが……』

老尼は人の心をさぐろうとするような、そんな人悪な様子はすこしもなく、思いふかげに言った。

『左様で御座いますとも、そりゃァ別れた子ほど思出すものはありませぬ。夫を思うというものも御座いますが、全くは子の方へ心をとられてしまいます。子を捨る薮《やぶ》はあるが親

をすてる薮はないという事も申しますが、それは親には深い恩もあり、世の中の教えが反《そむ》かせぬ義理となっております。子への恩愛こそ口に言いつくせないもので御座います。死別れより生別れの方が、また廻りあうという望みはあると申しますものの、実のところは愁《つろ》うございます。死別れには泣尽したあとに諦《あきら》めが出まして、どうやらこうやら日をへれば後を追いもしないで暮してゆけるようにもなりますが、何時になっても諦めのつかないのは、おなじ月日の下に生ているると思えば、何処にどうして我子はいるかと、雨につけ風につけ思いださぬことはござりませぬ。それはもう実に心の痛むものでございます。』

弟子尼は自分にも思出の痛みがあると見えて、真に切なそうに心から言った。

『そうであろう。わたしもそうであろうと察していました。』

老尼はそれぎりしか言わなかった。弟子尼は以前に自分が自分の腹を痛めた子達と愁い別れをした折のことを思出して味気ない心持ちになってしまった。そうして、その折の自分の姿は稀薄《きはく》なものにしか記憶に甦《よみが》えらないで、よく晴れた日の青空の下に、梢《こずえ》に浅く芽出しかけた公孫樹の大木の下にかがんで、萌出《もえだ》した青草の上へ、乳汁を絞りかけている若尼の真白いふくらかな胸のふくらんだ姿ばかりが分明《はっきり》と浮びあがるのであった。

三四日過ぎてのことであった。中二日ばかり雨があったあとなので何くれと庵室でも外へ出かけなければならなかった。朝がけから他のものは遠くの方へと志して托鉢に出かけたが、老尼だけは近廻りをすることになった。庵に近い里へと向って歩いて午《ひる》近くなったので、そうした折に時折縁さきをかりて食事をする顔馴染《なじみ》の小作人のところへ立寄った。大きい家を選《よ》ってゆけばお中食《ちゅうじき》の齋《とき》につく家は幾軒でもあったが、老尼はそうした家には行かず、気のおけない小百姓のところへばかりそうした用事を頼みにいって、茶を淹《い》れて貰ったりすると、それだけ仕事の手を止めたからといって、小銭をおいてくる事もあれば、頼まれなくてもそうした人達の先祖のために回向《えこう》をしてやったりするのであった。志す仏の期日などにあたる日は、老尼の托鉢に出てくるのを待ち儲《もう》けて、足を休ませてもらって供養をたのむものも多くあった。今日もそうした馴染の一軒の家に立寄ると夫婦のものは深切《しんせつ》にもてなして、老尼の疲れ休めをなるたけ長い時間にしようと四方山《よもやま》の話をしだした。するど女房の方が思出したように、

『あの人が居れば、こんなよい時はないに、老尼様にお願いしてお経でもあげて貰いなさるといいのだが。』

と言った。平日から此家は夫婦かけむかいなのを知っているので、それが誰人《だれ》であるかをたずねた。

『いいえ宿の遠縁の人なので御座いますが、もうずっと疎遠になったぎりでおりましたと

ころが、年をとってから運悪く養子夫婦に死別れましたそうで、たよるところも他にないからとて来ておるので御座いますが。』

と亭主の顔を見い見い言った。

『何しろ疎遠にはなっておりましたが、頼みになる若い者も居ないからというので来ておりますで、我等も親のようにして死水はとってやろうと思っておりますが――』

とその亭主も言った。

『ではその御養子夫婦のお位牌《いはい》にお経をたむけましょう。』

と老尼は言った。すると困ったというように、

『おかしな老爺でございまして、位牌なんぞは入らないから持って来なかったというので御座います。それよりも残していった孫を育ててやる方がよっぽど大事だといって、貴尼おかしな事には金よりも赤ん坊の方を大切にするので御座います。へえ、金の方のことは私達にもさせますが、赤ん坊の方のことは手もつけさせません。老爺がいじくるよりは、これでもまあ女ですからまかせておいた方がよかろうと言っても聴入れませんのでなァ。』

亭主は勝手の違ったような顔をした。それでも金をかくさないので、居憎《いにく》いようにはしない口ぶりであった。

老尼は聞いているうちに、ふとその赤児にはどうやら自分も由縁があるような気がした。

養子夫婦というのはどうやら……と思わぬでもなかったが、それにしてはこの百姓男と由縁のある老爺の嫁にしては、あんまり庵室の清鏡尼は美しく、しかも身柄が貴すぎると考えられもした。よしないそれは臆測であって、この家に寄宿人《かかりゅうど》になっている老爺の連れた赤児と、清鏡尼との間には何にも懸合《かかりあ》いはなくて、偶然そうした者達が自分の近くへ寄ったのであろうとも思いかえした。

『そりゃァ気高い子供でございますが、わしがところなぞにおくような顔には見えませぬわ。なんでも老爺さんの口裏では、養子たちはよい衆の出であったらしいのでございます。』

そんな言葉も亭主の話のうちにはあった。老尼は思出して口のうちで繰返しながら帰途についた。

庵室にはあの告口をした露月尼《ろげつに》ばかりが帰って来ていた。露月尼は托鉢が主で出かけなかったので、必用品を調《ととの》えてしまうとさっさと帰って来て、あとから足労《くたび》れて帰ってくる尼達のために煮焚《にたき》をしたりして忙《せわ》しながっていた。

暮々になっても一人の会心尼《えしんに》が帰って来た。此尼は老尼につぐ年長なので疲れたのでもあろうかトボトボうつむきがちに暗い顔をしていた。それから一足おくれて清鏡尼が息をきらせて帰って来た。

その翌日のことであった。夕暮近くに清鏡尼が胸を抱えるようにして裏の方に出ていった。その後姿を眺めて老尼はいたいたしげな面持ちをしていた。会心尼はかくしきれぬ不安なさまで直に座を立とうとした。それに気がつくと老尼は会心尼を呼止めた。

『すぐに参りますから。』

と会心尼は言った。すると老尼は、

『いえすこし清鏡尼のことでおはなししておきたいことがあるから。』

と言った。会心尼も会心尼で、

『それはわたくしも、ちょっとあの人のことについて、お耳に入れておきたいことがあるのでございます。それについては、鳥渡《ちょっと》あの人の様子を見ておきたいので――』

『それならば猶更のこと行くには及びませぬ。わたしがお話すればよく分ることですから。』

と老尼は押止めた。それを強《しい》て振りきっても行かれぬので会心尼は渋々座についた。

『実は他のことでも御座いませんから、どうもお耳に入れない訳にも行きかねまして、何分昨日私が見届けましたことなので困り入りました。』

と吐息を洩《もら》した。老尼はそう聞くうちに口止めをしておいた露月尼が洩したのではないと知ると、にこにこしながら、

『おお貴尼も御覧でしたかい。』

と気易《きやす》げに言った。それが、寧《むし》ろ会心尼を驚かしたといってもよかった。会心尼は自分が見たこととはおなじ場面を、庵主が知っているにしては、あんまり事もなげな気楽そうな言葉つきであるのに驚いたのであった。

『あの人には子供があってね。』

老尼は会心尼がはなしたいという事も、矢っ張り乳絞りの一件であろうと思ったので、態《わざ》と事もなげに言うのであった。

『それを貴尼さまは御存じでお在《い》で御座りますか。』

会心尼はどうも会得がゆかぬので詰《なじ》るように言った。老尼は頷いた。

『ああして折々裏山へ行くのは見逃してやってくだされ。彼女も切ないであろう。人知れず乳を絞り捨てますでな。』

『いいえ貴尼。』

会心尼は許すまじい色をさえ示して、

『貴尼は瞞《だま》されてお在でなので御座います。私はこの目で見たことを申上げるのでございますからお信じなされて下さいまし。私は昨夜にも申上げて御考えを承ろうと思っていたので御座いますが、露月尼ははしたない人ゆえ、うっかりした事が洩れてはならないと、露月尼の居ないおりを待っていたので御座います。』

『では何を御覧になったとお言いなさるのか？』

老尼はともすると峻厳《しゅんげん》にすぎる会心尼に、清鏡尼は何事を見られたかと心懸りでもあった。どうにかしてあんまり激しいことを聞きたくないとも思った。

『清鏡尼には赤児が御座います。』

会心尼は厳しく言った。

『それはありましょう、だから乳を……』

『それが近くに忍ばせてあるのでござります。』

それには老尼がアッと言った。折もおり、しかも昨日、自分もそんな感に囚《とら》われたのであった。其事を、はっきりと証人になって言出すからには、会心尼はもっと強《しっ》かりした根を握ったに違いないからであると知った意外さであった。然し老尼は何処までも出来るだけ悪くとらせぬように何気ないさまで、

『四茂作《よもさく》のところへ来ている寄宿人の孫ではあるまいか。』

と首をかしげて呟いた。

『そうしたお心当りでもおありなので御座いますか？』

『さあ、あれならば、二親共に死なれて祖父が手塩にかけているということじゃが、清鏡

尼は乳を捨るくらいの人ゆえ、亡《な》い子のことでも思いだして抱いてでもやりはせぬか?』

『さあ、そうおっしゃれば左様かも知れませぬ。その赤児も矢張り老人に抱かれてかえりました。然しそれにしても、清鏡尼とあの子供とは他人ではございませぬ。』

『ではその老人の嫁であったとでもお思いなさるか?』

『いえ左様でも御座いません。老人とは主従に違い御座いません。老人と清鏡尼とは大層身分に相違がある様子で御座いました。』

『それならば赤子とも他人の筈ではないか。』

『いえ、それが、親子に相違ない様子は凝《じっ》と抱締めて暫《しばら》く泣いておられました。そして遥《はるか》に下ったところで老人も涙をぬぐうておりました。他人の秘密を見る気も御座いませんでしたが、尼僧として許せぬ仕打ちゆえ、よんどころなく私は一分始終を、見届けて参ったので御座ります。』

老尼は目をふせて呻吟《しんぎん》した。会心尼も晴れぬ面持ちであった。

『誰も見るものがないとの油断からでもござりましょう。老人も見張りをしているらしゅう御座りました。然し私というものが見ました。もし此後も二度三度、ああいう所業を重ねましたなら、自然と人の目にも触れるで御座りましょう。そうすればそれは在俗中《ざいぞくちゅう》のことであろうとも他人はそうは申しませぬ。この庵室が汚れたものであるかのように言触《いいふ》らされても致しかたが御座いません。わたくしは如何《いかが》してよいものか途方に暮れて、お耳へ入れたくもない事をお聞かせもうさなければならなくなりました。他の事とは違います。丸い頭でこそなけれ、法衣をまとったものが、赤児を抱いて胸を開き乳房を含ませるなぞとは……』

会心尼の憤りは全く言う通り途方に暮れたさまであった。老尼もどうしてよいのか見当がつきかねていた。隠れていた方がよい身分であろうと言っても、探し出される危険をおかしてまで彼女は托鉢に出たがった。して見ると、はじめから打合せてあって、乳飲児の近くに居て、それで安全な居場処をと此庵室を選んだのであろうと察しられもした。それにしても会心尼のいったように、乳房をふくませに行ったのか、それとも露月尼の告口したように乳汁を捨に出ていったのかと、老尼も清鏡尼が出ていった裏の方が気になりだした。

『で、貴尼はどうしようとおっしゃる?』

老尼は自分が憐愍《あわれみ》を乞うような眼差しを会心尼にむけた。

『どうと申して、それはお考えにもよりますが……』

会心尼は、清鏡尼が此庵室に居たいと思うのならば、そうした尼僧には不似合《ふにあい》な業《わざ》を再び繰返えさせないように、堅く言渡さなければならないと思っていた。さもなければ気の毒ではあるが他へいってもらわなければなるまいと考えていた。そしてそれはかなり手ぬるいことではあるが、慈悲を専らにしなければならない身柄ゆえ、それより厳しい仕置きもされまいと考えていた。老尼とてその位なことはするであろうと思ってもいた。

然しながら老尼の心はもっと広く優しく甚大《じんだい》な愍《あわ》れみをもっていた。彼女は久時《しばらく》無言の後にこう言った。

『やかましい寺格のある寺でもなしな、ほんの野中の庵室ではあり、咎めるほどのことも御座るまい。これが尼僧としての行善《おこない》なら厳しゅう言わねばならぬが、あの人は身をかくすための方便で、此処に居るうちだけああして御座るのであろう。一切に遠離《おんり》の心得はあの人には当《あて》はまらぬではござるまいか？』

会心尼はあるまじいことを聞くと思った。我《わが》耳をさえ疑うほど呆れ顔をした。老尼は急に何物かを探り得た晴々した顔付きになって、

『そうであった。そうであった。地蔵菩薩《ぼさつ》は仏体のままで赤子を抱きとったお姿をお見せなすっている。はて尼僧じゃからとて出る乳があるなら、里の子に飲ませてやったがよい。餓《ひも》じい思いに泣かせて、餓死《うえじに》するを見捨て、経は読んでやっても、出る乳汁を捨ててまでやらなければ功徳《くどく》にもなんにもならぬ。親子であろうが、なかろうが、あるもので命をつながせることが出来れば結構ではないか。』

と濶然《かつぜん》とした快活な声で言った。会心尼は、凝《じっ》と言われた事を玩味して聞いていたが、直には可否を述べなかった。

其処へ清鏡尼と露月尼が前後してはいって来た。二人の姿を見ると老尼は声をかけた。

『清鏡尼、わたしはお許《もと》の乳房が凝《こ》って苦しんでいるのを知っている。なんとそれを功徳のために分けてやってくれまいか。』

そうしてその返事も待たずにまたこう言った。

『露月尼、お許はあの四茂作という小作の百姓の家を知っているであろう。あそこに此頃、養子夫婦に死なれて孫を抱えてたよって来た気の毒な年寄りがいる。近いところに乳を貰う家がないので困りぬいていると昨日聞いてきた。恰度《ちょうど》幸いのことゆえ明日からなり今宵からなり、遠慮はいらぬゆえに赤子を連れて御座れと告げて来てやったがよい。』

清鏡尼は許より露月尼も不意な言付けに答えるところを知らなかった。清鏡尼はなんにも言わずに老尼の側へひれふしてしまった。露月尼はただ恥かしいのと面目ないので清鏡尼が顔をかくしたのであろうと考えた。そしてもとの起りは自分の告口からだと知ると、どうやら意見のあわぬらしい様子で押だまっている会心尼の心持ちも量ることが出来ず、返事をするのにもたゆたっていた。が、老尼にうながされると、帰り路の提灯《ちょうちん》を用意して出ていった。

会心尼は何事にも口を出さなかったが、不同意だという心の色はありありと顔に出ていた。そして何時ものように夜になっても老尼を対手《あいて》に古い思出話などもしなかった。生れが武家出であって、意地張ったことから嫁ぎもせずに御殿奉公をして、上に立つ役目の人との口論から御奉公も引き、宗門《しゅうもん》にはいっても何処の尼寺に居着こうともせず、やっと気のおけない此庵室へ来て、老尼の後住にというところまで打解けあったのであった。それはいうまでもなく老尼の心が試練をへていたために、角のある会心尼ともすこしの紛紜《いさくさ》もなしに済んでいったのであったが、はしなくも清鏡尼のことからまた心を曲《まげ》てしまったのであった。会心尼は露月尼が帰って来たころには床についていたが、老尼の枕許へ座って四茂作のうちの返事を言っている露月尼の言葉はすっかりと聞きとった。四茂作夫婦はあんまり突然なことなので、どうして昼間老尼様がお見えになった折にお話がなかったかと不思議がっていたというが、老爺はもう忝《かたじ》けながりようを通りこして老尼を生仏《いきぼとけ》生仏と言っていたという事なども耳にした。そして今宵にも赤子を連れて出たいがあまり夜更けにかえりがなるゆえ、明日の朝は夜があけたらば参上するといっていたと申上げてくれというのが結局であった。枕につきながらそれをききとっていた会心尼は、清鏡尼がどんな心持ちで聴いているかと、その顔色から心を読もうとしていたが、清鏡尼は凝と考えに沈んでいるばかりであった。

翌朝は外に赤子の泣きたてる声をきいて庵室のものは目を覚した。会心尼はいちはやく目覚めて泣声をききつけたのであったが、清鏡尼がどんな様子をするかと寝たふりをしていた。清鏡尼は身じろぎもしなかった。けれど深い眠りについているとは見えぬ。息も立てぬほどの静さで向うをむいていた。会心尼は清鏡尼と根くらべをするように押だまっていた。互いに覚めている気配を悟っているのであった。そのうちに老尼が目覚まされて、周章《あわて》て清鏡尼の名を呼んだが、直に思いついて差障りのない露月尼を呼起した。露月尼が目覚めると、それにつれて皆が目をさましたように起上った。会心尼は心の底で清鏡尼のことを（狸《たぬき》め）と睨《にら》めていた。

餓《ひも》じさに泣入る赤子を抱取ると、もう誰が目も厭《いと》っていられず清鏡尼は強い母親の本能をもって摺《すり》付けるように乳房をふくませた。人のよい露月尼は何やかと世話を焼きながら、

『よく呑《の》む、よく呑む。どんなに呑みたかったのか？　さぞ甘かろう。』

といって傍に付ききりであやしたりしていた。赤子の祖父という老爺は、老尼にむかって、どんなに有難い思召《おぼしめし》であるぞということや、わたくしや赤子ばかりでなく、此子が親達もどれほど忝けなく思うことか、とても此御慈悲は忘れられる御恩ではないと、どういったらば感謝の辞が尽せるかというように真から老尼のはからいに心服していた。それを聞くまでもなく、清鏡尼の手へ赤子が抱取られると老尼は嬉しそうに笑みをこぼしていた。

清鏡尼も頬を匂わして眼にはいっぱいの雫《しずく》を溜めながら、息もつかずに乳を吸っている赤子の顔に見入っていた。たったそれだけの、あまり乳を、乳のない子にほどこすというだけの事が誰の心をも和らげて慈相に見せていたが、会心尼ばかりは不服そうに見たくもなげに顔を反《そむ》けていた。そして直に表へ出ていってしまった。

そうした和《やわら》ぎの、慈悲の光る日が幾日かつづいた。日中といわず夜といわず、老爺の姿は庵室の近くに見られた。もう庵室のものは会心尼をのぞくほかは、赤子に対しても老爺に対しても、他人のようにはあしらわなかった。そのうちで一番謹しんでいるのが清鏡尼であった。老尼は我孫のように赤子を愛した。露月尼は自ら乳母のような態度をとった。そうした様子を見ると老爺は涙をうかべて、

『赤子はよい母様を持ったり、勿体ないようなお祖母さまをもったり、金の草鞋《わらじ》でたずねてもめったにないようなお乳母どのまで揃《そろ》った。』

と言って泣笑いをした。その心持ちも尤《もっと》もだと露月尼はしきりに同情していた。

ところが、全く不意に、寝耳に水のような達しが来た。それは他でもなく此地に庵室めいたものや、寺に似たものをおくことを許さぬという思いがけない言渡しで、三日のうちに無住にしろという厳命さえあった。何の為に——老尼はそれを聞きたかった。自分では行くには歩行《あゆみ》が遅し、といって他の者はやられないので会心尼に代理をすることをたのん

だ。

一日がけで会心尼は地頭のところまで行って来たが、復命によると、その以前にも此庵に住むものが邪宗を拡めると噂をされたので追立てられて、その侭《まま》あとは無住になっていたのである。老尼が来たはじめは気がつかなかったが、近頃老若の尼僧が三四人住んでいるということが知れた。一人や二人なら見許しておく事も出来るが、そう段々に数がふえていっては見逃してはおかれない。ことに尼のうちには若いのもあって、子持ちであるという事までが知れている。そうした風儀はやがて庵主が亡くなったあとになって、乱りがましくなってゆくから、以前のような悪《あ》しい噂でもたつと、土地をあずかるものの落度になるゆえに、いっそ無住にしてしまおうという事になったが、願出ようによっては一人や二人の住むのは許すということだと語った。

老尼はつくづくと聞いていたが、即座には何とも言わなかった。露月尼はどうなることかと、ゆきどころのない身の成行を案じてブツブツとこぼしていた。清鏡尼は折から来合せていた老爺に小声で相談をかけていたがやがて口をきって言った。

『私こそ御不審になった当の者といわなければなりませぬゆえ、ただ今までの御恩もおくらずに出ますことは心が許しませぬが、是非ないことでございますゆえ、いずかたえでも行こうと心を決しました。』

それを聞くとそうなくてはと言わぬばかりに会心尼は頷いた。老尼はよんどころないという風に、

『出来る事ならば、赤子と一緒にお許だけでも残してあげたいと思ったが、それもならないようなら、一人二人はよいというのゆえ、会心どのに露月のことをたのんで、わたしもお許と一緒に出ましょう。はて、世にかくれようとしたお許が、一人だけでは人目に立ち易い。尼僧らしい尼僧と一所なら、笠の下を見すかされる憂いはない。此方《こなた》が落着く土地までわたしも歩こう、それも修行じゃ。』

と言った。そして会心尼や露月尼が言葉をつくして止めるのを何といってもきかずに、もう旅立つ用意をはじめた。そして赤子の老爺にむかってはこういった。

『老爺どの、わたしは出立《しゅったつ》のおりには折入ってこなたに無心するものがあるかも知れない。しかしそれはやがて里を出外れたときに言うとしましょう。馴染甲斐に此方と赤子とはすこし遠くまで見送って下され。』

口には出さぬ意味を、謎のように、解けと言わぬばかりに言った。老爺は頷きながらきいていたが、お名残おしいと言ったのは口さきばかりで、気散じな旅の供でもするようにいそいそと、気が勇んでならぬようにも見えた。そしてこう言った。

『よろしゅう御座いますとも御庵主さま。老爺は何処で死んでもよい身の上でございます。

何の貴尼、金さえおいて出れば、何処までお供をしたからとて、案じて騒ぐような家のものではございませぬ。赤子にいたしたところが、何処まででも御見送りしているうちは御乳にもありつけると申すものでございます。』

それで相談がまとまったと、老尼も、老爺も、重荷をおろしたといいたげであった。相変らず清鏡尼は無口であった。会心尼は妙な羽目になってしまって、庵主を追立てるようになったのを心苦しがって苦《にが》りきっていた。

こうして流転《さすらい》の旅に出る老若の者はどうなりゆくのであろう……

二

いずくもおなじ天の下とはいえ、ゆく雲の、何処《いずく》を果《はて》と行方さだめず漂泊《さすら》う旅の空である。北陸道の遠くから幾山坂を踏越えて、まず東路《あずまじ》へとたどりゆく三人連れは、足弱の長旅でありながら、つつましい行脚《あんぎゃ》姿の老尼と巡礼の路連れである故に、悪い者の目も掠《かす》めて、途中の危難はなかった。

老尼はあの住みなれた庵室を会心尼《えしんに》に譲って出るときには無一物であった。檜笠《ひのきがさ》に杖一本、ほんの合薬《あいぐすり》や手拭《てぬぐ》いなどを経本《おきょう》とひとつに包んで背中に斜《ななめ》に背負《しょ》った丈であった。近いところへ托鉢《たくはつ》に出る姿とすこしの変りもなく、心止まる様もなげに出立《しゅったつ》した。それには流石《さすが》の会心尼が言いしれぬ心の咎《とが》めを受けたのであった。曾《かつ》て自分が行暮れて、病いに悩んでいたおりの姿そのままである。其《その》折情ある庵主に救われて、自分のないのちは後住にとまで言ってくれたのである。そうした事を想えばよい心地もせぬのであったが、誰《だ》れから貰《もら》ったというのでもなくといって自分で建てたのでもなく、畢竟《ひっきょう》は空いていたから住んだところゆえ、自分に対しての遠慮は決してない、止まっていてくれろという老尼の寸志に、あらそいがたい思いもしたので、それに妙に筋っぽい生れつきの会心尼は老尼がそうするのも当り前であると思いもし、もはや清鏡尼《せいきょうに》の事について意見が論外にかけはなれてしまっている老尼に、以前の通り仕えることは出来にくいとも思っていた。

露月尼《ろげつに》こそ誰れにも心のうちを言いかねていたが、老尼に別れるのを心から悲しんでいた。出来る事ならば老尼や清鏡尼と一緒に追出されたいと願っていた。優しい老尼の手許を離れるばかりか、気むずかしい会心尼と二人になってしまっては、勢い会心尼を師とも庵主ともあがめなくてはならない。それよりもまして露月尼に愁《つら》いのは、日毎に愛らしさのそうてゆく赤子も去ってしまうことであった。そして誰よりも話相手になってくれる老爺も共に去ってしまうことであった。彼女はそうなってしまうであろう後の侘しさを思うと、室《へや》の隅へいってしくしくと泣いているおりもあった。

『会心尼一人残しておいたらよさそうなものなに。』

彼女は誰にも聞えよがしに大声で呟《つぶや》くこともあった。けれども彼女の俗縁の者は此辺《この》りに多いので、当《あて》のない旅に出るということは考えられもした。それに何といっても誰も対《あい》手《て》になってくれ手もないので、渋々ながら自分は止まらなければならない者と諦《あきら》めてしまっていた。が、いざ別れの日となると、彼女は朝から大つぶの涙をこぼして何につけても泣いていた。里外れまで送って来て、さらばのおりには別れの言葉も出ぬほど、おいおい声をあげて泣いた。

『これこれ、水はみんなひとつ海へ流れ寄るものじゃ。今の別れがなんであろう。そのように泣いてもせんない、風も雨も雲もまた落返り廻ってくる。年とったわたしさえそう思うているに、こなたの若さでどうしたものじゃ。』

と老尼は例《いつ》にかわらぬ慈愛深い言葉で慰めた。

『左様でございますとも、老爺もまた、何時かはお訪ねして今日のことなど昔語りにいたそうものと思っておりますに、露月尼どのは、これが最期のお目通りのようにお嘆きなされます。』

と老爺も言った。何事も黙しがちな清鏡尼もかけかまいのない露月尼の真率な心根には

動かされて、

『露月尼さま、よしや私たちは露の身の明日を頼まれぬものとしても、この赤子が生立《おいた》つならば、必ず老《おい》さきあるものは御親切な貴尼《あなた》を探しだすに違いございません。話の種に乏しいわたくしたちは、貴尼がたのお噂を、いついつまでも、日々に繰返すに違いござりませぬから。』

としみじみと言い慰めるのであった。それを聞くうちにも露月尼は、この人が、乳汁を絞りすてていた事やなにか老尼に告げたことなど思出して、猶更涙が止まらなかった。

後から呼懸《よびか》けられては見返り見返り、捗《はか》どりかねた足なみも一足ずつに遠ざかった。露月尼をこそああは言いなぐさめはしたものの、此辺土へ、何時また廻りくる時があるかと思えば、人々の心は重く暗かった。互いにそれとは言わないが、思い思いの感慨に、吐息を噛《か》みしめて、遠ざかりゆく山の端を眺めやるのであった。

その国の城下へ差懸《さしかか》ると清鏡尼は殊更に用心して暫《しばし》の間も檜笠をぬがぬようにしていた。その前の夜の旅宿は幸いに宿り合せた者もなく、家の者はかなりへだったところに離れていたので、老尼の膝許によってこれからの身の振りかたの相談がはじまった。清鏡尼はその時はじめて老尼を伏《ふし》おがむようにしていった。

『何事も罪深い身でござります。段々とのお情けに、頑固になりましたわたくしの心も、量りがたいお慈悲によって柔らぎ、そして暗に光明を見出しました。枯《かれ》た草に芽が生えだしました。何もかも一切を申上げてしまいとうございます。』

清鏡尼の後ろには座をすさって老爺も平伏《ひれふ》していた。

『いやいや今宵に限ったことでもない。油断は大敵、どうやら気にしていられる窮屈な土地がらではないか。そうしたところで、迂闊《うかつ》なことを口にされたら風が何処へ洩《もら》さぬとも言われぬ。これからの長い道中野で疲れたおり、山で休ろうたおり、ぽつぽつと思出ばなしに聞きましょう。今日まで知らぬでも済んだ、こうして仲よう過してきたではないか、急《せ》くには及ばぬ。』

老尼は清鏡尼の持っている秘密がなにごとであろうと気には懸らぬという様であった。

『けれど、此侭《このまま》かくしていては、御恩をうけた身では心苦しゅうて。』

『わたくし奴《め》も左様存じあげます。』

老爺も額をすこしばかりあげて言った。

『奥方様、和子《わこ》様には、広大もない御恩人でいらせられます。その御方に一伍一什《いちぶしじゅう》を申上げておきませいでは……』

『生みの母からも死ねと言われました身、広い世に誰れ一人我身をかばってくれるものはないかと、狭い心には怨みましたおりも御座りましたが、貴尼さまのお情けで、わたくしは此世は怨めしいことばかりではないと悟りました。それはかりでもどれほどに忝《かたじ》けないことやら。』

そう云う清鏡尼の面差しなら声音《こわね》なら、昨日までの人柄とは一変りしてしまったように見えた。優しい優しい、娘らしさとでもいいたいほど、打解けたしおらしさであった。

『何と申す忝けないことか、奥方様の、以前の通りの面持を見上げましたのは、まあ幾月ぶりのことで御座りましょう。それもこれも、みんな老尼さまの御情けのおかげでござります。』

と、其処に再生したものを見出したように老爺は悦び勇んで言った。

『坊さま、貴下《あなた》さまもおみおおきゅうなられましたらば、やがてはお逢になりましょう父上さまとお心を合せ、母上様をお助けもうして、老尼様の御恩返しをなさらなくなってはなりませぬぞ。老尼様がお在《いで》にならなかったならば、お母様の御身はどうなっているか、考えてもおそろしいことで御座ります。貴下様のお命もあったかどうか？　それが御覧じませ、このお肥《ふと》りなされかた、それというのもみんなみんな老尼様の御恩で御座ります。お忘れなられますな。老尼様というお方が世にお在なされればこそ、貴下はお母様と御一緒に父上様に御面会がお出来なさるのでござります。』

老爺は自分が幼子を眺めているばかりでは物足りなくなって老尼の方へ突出して見せた。

老尼は話が幼子のことになると何時も慈眼《じがん》が一層糸のように細くなる、躊躇《ためら》わずに手を差出して受取って抱きながら、

『この愛らしいものを、誰か人間として憎もうものがあろうぞ。』

と言い言いあやすのであった。

『早いものではないか、もう私たちの顔を凝《じっ》と見ているようにおなりだ。』

『御覧になるだけではございません。お見覚えも出来たので御座います。此程の、知慧《ちえ》のつきますことは、毎日毎日新しいことがお分りになるように見えます。』

と老爺は鬼の首でもとった気でいる。

『このまま眼の色の深さ——尊いことである。このまあ眼の色の澄み渡った清浄《きよら》かさ——ほんに尊いことである。わたしは持仏さまにお別れ申しはしたが心淋《さび》しゅうはないわ。この尊いものと一緒にいれば、持仏さまを背負うて歩いているもおなじじゃ。無心な相ほど尊いものはないの、そしておそろしいほど神秘じゃ。』

『あぁあぁなんというお幸福な和子でござりましょう。老尼さまはあれほどに思召して下さる。このお方を、憚《はばか》りおおいがお前様は祖母さまじゃと思召しませ。ほんの血筋をひいたお祖母さまがたは、頑固で、ぎしきばった表の事ばかり仰《おお》せられて、このまあ可愛いお方様のお命を亡きものにしようと仰《おっ》しゃる。それにくらべて尊いのは老尼さまの御慈愛じ

や。お年老られてから、住慣れた庵室まで人手に渡し、御介抱するお弟子達に別れてまで他人の難儀を救うてくだされる。有難いことじゃ、忝けないことじゃ。おかげを持ちまして踏み越えがたいこの御城下をも無難に通られまする。何もかもみな老尼様がお投げくださる御功徳でござります。お顔は知らずとも行いすました老尼さまのお供に、若尼の付人は誰も疑いはいたしませぬ。孫を連れた老人巡礼が御道連れになっていたからとて、誰一人怪しむものはござりませぬ。有難いことでござりまする。』

『何処までも尼に俗縁あるものが、亡者《なきもの》たちの菩提《ぼだい》のため、供して巡礼するのじゃと云わしゃれよ。』

老尼は老爺の言葉は聴きもしないで、にこにこと幼子の顔にばかり見入っていた。

『この子は賢いものになりますぞや。』

老爺は笑み崩れていた。清鏡尼も老尼の後へ廻ってその肩をさすってやりながら、抱かれている我子の顔を覗き込んで笑みを洩した。

主人が老尼の肩をさすっているのを見ると、老爺も手空きではいなかった。老尼の足許にさしよってそろそろと脚《あし》を撫《な》ていた。

『其処で、私の考えでは、路用は三つにして御各自《ごめいめい》に持参をねがいとうござります。それは万一の時の用意でもございますし、纏《まと》めてもっていると雲助共《くもすけども》が気がつきます。いえ、お案じなさるほどの多くの価《たか》ではございません。貰って歩かないでも困らないと申しますだけのことで、重いことはございません。纏めました方は、御城下の御出入り商人に頼んで、何時でも荷為替にして江戸へ送って貰えるように預けてございますゆえ、私は明朝一人駈抜けまして、そっと主人に逢って参ります。決して御懸念はございませぬ。この上は誰一人でも病みわずらわぬが肝要でございます。』

老爺はしきりに違算《いさん》のないようにと頭をつかっていた。江戸へ出て、主人に廻りあって、奥方が苦心してお種を生落《うみおと》し育てて来たという事の証明をして、二人を主人の手に渡すまではどうか無事でありたいとばかり心に祈っていた。それにしても、自分の苦衷《くちゅう》と、奥方の苦節を守ってくださる老尼さまはなんという気高い有難い方であろうとつくづく思いしみていた。自分の役目をはたしてしまえば自分はもう身も心も軽くなる。奥方も和子も、そうなればいかにおいつくしみの深い老尼さまと一緒に居たいとて許されはしまい。老尼さまの其時はたったお一人になられる。その折こそ、その折こそ、主人親子に代ってこの老爺が、老尼さまの朝夕をお世話しなければならない、というよりは是非ともこの御恩報じがしたい。――

『忝けない、忝けない、こう考えると、何からも御光がさしてくるようじゃ。おなじお供でもなあ、御不審うけて座敷牢住居から、奥方さまや和子さまを救出した時の旅とは、こうも気心の違うものか？　あの時はほんに心も暗かった。行先のあてもとんとつかずなあ。

――』

老爺はよくこうも早く和子の運が開けて来たものだと思った。とてもとても三年五年はおろかなこと、どれほど艱難辛苦《かんなんしんく》が入ろうかと、覚悟をしていた事が、あまり容易《たやす》く難関を潜《くぐ》りぬけたので夢のような気もした。然しまた、それもこれも皆老尼さまのお救いゆえと思えば、後姿もおがまれるのであった。

北陸の大藩の某家《ぼうけ》の江戸邸の武者窓の下へ、ある日年寄りの供をつれた老尼が立った。門番は休《やす》らっている二人に向けてつれづれのままに言葉をかけた。するとこの二人は、はるばる藩地から出て来たので、懐しく思って佇んでいるのだと語った。誰《だれ》人か御家中に知己《しり》はないかと問うと、『松原主膳《しゅぜん》殿にだけは逢って行きたい気もある』と、それも強《しい》てとは思わぬ様に答えるのであった。郷里《くに》ものと聞いた心安さから、安価《やす》く与えることの出来る同情心もこめて、

『お目にかかっていったらよいではないか。はるばる郷里から出てきて、此処まで来ながら、御門内にお知己《あい》がないものでさえ拝見したがるのに、遠慮はないはいらっしゃい。』

と、はては自分の方から勧めるようにさえした。

『然しなあ、お若いお方さまに、国許から逢いたいものが参りましたといって、さて罷出《まかりで》

て見ると、ほんのお顔見知りぐらいな年寄たちで尼さまと供の男ではなあ、どんとせぬではないかの。』

供の者は笑い流してさえしまおうとしたが、老尼は立上って、

『いやいやそうではない、御門番も御親切に言って下さる。此方《こちら》に用事はないとしても、あちらでは御国許へ申遣わされたい御用があるも知れぬ。折角此処まで参ったものじゃ、御門番の御親切にあまえて通ろうではないか。』

老尼がそう云うと門番は得々としていた。そして、

『その方が好い、その方が好い。松原様なら御家柄といい、殿様の御気に入り第一ゆえ、お前方はどの位な御知合いか知らないが、よう願って見たらばこちとらではちとお出入りのしにくいところまで見せてくださるかも知れない。何も土産《みやげ》ばなしだ。』

と好意をひけらかすように言った。老尼たちが辞儀を慇懃《いんぎん》にして門内へ通ってゆくと、其後姿を見送りながら、

『郷里ものというと懐しいものだなあ、俺にしたって松原様にしたって、心持ちはおんなじことだ。それに聞けば松原様は、許婚女《いいなずけ》をお呼びなされた夜にお召になって御出府になったままじゃそうな。それこれもう一年半か――いや、そうじゃない、二年にもなるなあ。』

と他の門番の一人に話しかけた。用のない退屈しのぎにはもって来いの話題ゆえ、直に他の者も引入れられてしまった。

『その間一度も御帰国にならないのか？』

『それがさ、殿様の御国入りであったおりは、あの方は何か大切な用事を仰せつかって、お供が出来なかったのじゃ。たんだ一度、おかえりになったかなあ。けれどそれがまた火急の御用での、行くとすぐに取ってかえす御役目なのじゃ。』

『なににせいお年若ではあれど御発明で、それにお家柄も御家老格であるからな、働きざかりの御人として重用される筈《はず》じゃ。目覚しい御出世をなさるであろう。』

『けれど御気の毒なことには、どうやらお国許の奥様は、御一家中からお咎《とが》めを受けて御謹慎なさっているとかいうことだが……』

『それは本当かね。俺もそんな噂をちょろりと聞いたことがあったが、あんまりおかしいから忘れてしまっていたのさ。なんでも座敷牢とかへ入れてあるということだっけが。』

『そうだそうだ。よっぽど重い咎目だと見えるが、御縁女も御縁組みなされたばかりで御《お》連合《つれあい》とは離れ、その上どんな難題だかしらないが、座敷牢へまでいれられたのではたまらないな。』

門番が、そんな談話に耽《ふけ》っている間に、先刻の老尼と老爺とは、松原主膳の居間に通っていた。主膳は恰度明番《ちょうどあけばん》であったのを、拠《よんどころ》ない用向きで君前へ出て早退《はやび》けに下って来たおりであった。見馴れない老尼と供の者とが面会を願って待っていると聞いて、国許から出て来たというのでふと胸を轟《とどろ》かせた。どういう用向きであろうかと衣服を検《あらた》めずに客を通させると、老尼はズッと這入《はい》って来たが、連れの老爺は敷居ぎわで手をついたまま、涙にくれている様であった。主膳はそれを不思議そうに眺めたが、老尼には慇懃《いんぎん》に挨拶をした。

『突然に伺いましたが、私にはお見覚えはなくとも、この者はお見知りあられましょうな。』

と老尼は静かに言った。主膳もつとめて平静を保とうとしていたが、どうやら年頃とい い、慥《たしか》に見覚えのある姿であるので、

『いかにも心当たりがござります。』

と憂《うれ》わしげに答えたが、押静めようとしても血の躍る鳴りは押えかねていた。

老爺はそっと頭をあげて主人の顔を盗むように見上げた。その目に行当ると主膳はむらむらと怒りが込みあげてきたように、

『不義ものの手びきをして、共に駈落ちをいたしたと聞いているが、何と思ってたずねて参った。』

と思いもかけぬ言葉を浴せた。それには老尼も呆れ顔をしたが、老爺は度胆をぬかれたかたちで、息も吐《つ》かれぬように空いた口をふさがなかった。

『それとも、左様なことはまだ知るまいと思って瞞《たば》かりに来たか？』

主膳はひからびた声で態《わざ》とらしくカラカラと笑った。

あまりのことに老爺は涙を滝と流した顔をひきつって、主膳の苦笑に引入れられた。傷ましい泣笑いをした。そして狂人のように上ずった声で、

『御健勝の体を拝して、御健勝の体を拝して……』

とひとつことばかりを繰返しては頭をさげていた。老尼は衣の袖を掻合《かきあわ》せていたが、老爺の哀れな様子を見ると、

『気を鎮静《しずめ》なければなりませぬぞ。さき様の御心持ちに引入れられてしまってはなりませぬぞ。大切の場合上気してはなりませぬ。長い艱難《かんなん》の末が、このお言葉かと怨んではなりませぬぞ。ものには行違いということがある。まして遠くへだたった山家がある。必ずとも和子のことを思うたら気をおとしてはならぬところじゃ。尼がお話をしているうち、そなたはお次にさがって気を鎮めてござれ。』

老尼の諄々《じゅんじゅん》と説く言葉は、漸《ようや》く老爺の破裂しかかった口惜《くやし》さをなだめた。

『左様でござります。左様でござります。わたくし達と御同心じゃとばかり思うていたの

は老爺奴の一人飲込みでござりました。間にはどんな計略が出来ていたかを思わなかったのは、年寄甲斐もない粗忽《そそう》でござりました。いいえいいえ、決して主人をお怨みはいたしませぬ。それにつけても私共に、老尼様という尊いお方がお在下さらなかったらば……』

老爺は老尼の衣の袖をとってさめざめとしていたが、襖《ふすま》ぎわへ引下った。

『さて松原殿』

と老尼はしずかに向き直って問いかけた。

『貴下様御家来幸之進《こうのしん》ともうすものと、あれをお認めなされますか？』

『いかにも以前は譜代《ふだい》の郎党《ろうとう》でござった。したがあの者は仔細《しさい》あって……』

『いや其仔細を承わろうとするものではござらぬ。御家来であったかなかったかとお聞き申しただけでござる。』

『然らば家来でござった。』

『あの者の性質は御承知でござろうか？』

『頑《かたく》なしいほどの愚直でござった。』

『忠義ではござりませぬ者か？』

主膳はふと口をきろうとしてまた閉じてしまった。手はいつしか腕を組もうとしている。その動作に自分ながら気がついたようにあらためた。

『頑固《かたくな》すぎるほどの忠義者でござった。』

『譬《たとえ》ば？』

老尼は微笑を含んで催促した。

『譬ば？――父の生前中は、父の命ばかりを奉じて……』

不用意に言いかけたのを主膳はふと止めた。

『父上の御命じばかりきいて、他の者のいう事は聞分けなかった？　いかにもそうあろう人柄でござる。ことの善悪いずれはあれ、仕える主人に身を捧げておしまぬ人でござる。お母上にもお逆らいしたことがござりましょうな。』

主膳は暫《しばし》は呻吟《しんぎん》していたが、

『彼《か》れが曲事をしたとしても、畢竟《ひっきょう》は仰せある通り、善悪の差別を、踏違えたものと思われます。』

と深い懊悩《おうのう》に苦しめられつつ、勉めて顔にそれを出すまいとして答えた。

『善と悪とは、立場に依《よ》って見る人の目が異ります。幸いにわたくしはいずれへも依估《えこ》のない身、ことに天下の宝で動かされる恐れのない法師ではあり、老いてはおるし、この判断は正しいと申上げることが出来ます。貴君《あなた》の御聴きになっている幸之進殿の不埒《ふらち》とは、いかなる事か承わりとう思いまする。』

『だが……』

　主膳は当惑気に見えた。

『家事のことにも渡りまするゆえ、それはちと申兼《もうしかね》るが……まず御出《おいで》くだされた御用向きから承まわって。』

『すらすらと物事がはこぶとそれが順序でござるか、どうやら幸之進殿は御不審をうけていて御不興と見受ける。それゆえ勝手ながら、その一埒《いちらつ》を承まわった上で行違いならば申説きもいたした上で、出府《しゅっぷ》いたした肝要な用件をお聴きに入れ御相談いたしたいが。』

『では、拙者《せっしゃ》の身にかかわったことで、態々《わざわざ》の御出府と仰せられるか？』

　興奮した声音であった。それを聞くと幸之進は噛みつくような語気で早口に言った。

『後住まで定めてあったお住居を、この御高齢になって、捨てまで出て来てくだされたのでござりますぞ。』

『退《さが》りおらぬか、推参者《すいさんもの》め。』

　主膳の眼は憎しみに光っていた。

『汝の佞弁《ねいべん》に惑わされて、遥々《はるばる》と御出府なされたのはお気の毒ではあるが、ともうして某《それがし》も恭《かたじ》けないと御礼は言われぬ。御目にかかっただけも某の寸志じゃ。この上は仔細を語ろうが語るまいが此方の考えまでのことである。』

『あれ、あの様なことを仰《おっ》しゃってよう罰があたらぬ。知らぬ事とはいえ、ようお口も曲らぬなあ。』

　幸之進は一徹に憤怒《いか》っていた。主人を憎みはせぬが、頭から自分の苦衷をも掬《く》まずに排斥しているのに気を腐らしてしまっていた。そして落胆した力抜けから、いっそ昨日まで、いや今日の先程までの方が、どれほど亀裂のない生活であったか知れないと、目的にして長い旅をして来た今日の結果を呪《のろ》わしくも思った。あの和子は、どうして血脈の縁が薄いであろう。そしてまたどうして、あんなにまで他人には愛されるのであろう。こんな事ならば主人の御手には渡さずに、昨日までの、今日までの、睦ましい四人連れで、日本全国を巡礼して歩いて、和子を立派な者に仕立上げてから、まだ若い此父親の鼻のさきへ突出して、学問なら武術なら、何一つ劣らぬ腕で試合させて、誰子《たがこ》であるか天晴《あっぱれ》いみじき少年と、さんざ讃《たたえ》させての上で、さて此和子は、こうした身の、父親の無慈悲のために日隠《ひかげ》で育ったと言って退《の》けてやりたいと、気忙《きぜわ》しい中でもそんな風にも思うのであった。

　主膳の顔の筋はひきつった。老尼が居なければ直に脇差しでもとりかねない見幕で堪えているのがあからさまに知れた。

『此人の一徹なのは御存じでも御座りましょうゆえ御堪え下さいまし。だが松原どの、身に罪あるものはこうした強さを御身様《おみさま》に見せられるものではござりませぬ。この者のその昔の行跡《おこない》と、只今の強直《いっこく》なさまをお案じあわせなされたら、お考え直す余地もございましょう。御耳に入れたいことは只今でなければならないことでもございませぬ。ただ御会得がいったおりに、なぜ早く知らせてはたもらぬと、御怨言《おうらみ》はあろうも知れませぬがの。』

『なるほど、こりゃ某も過失でござった。一概に怒りをもって向いましたは悪うござった。然し親どもからの達しは偽りとも思われず、というて貴尼さまの仰せにもどうゆう深い仔細がありそうな。』

『左様でござりますとも、疑心は暗鬼を生むものともうす諺《ことわざ》の通り、物ごとはよう確めぬと思わぬ人を苦めるものでござる。』

主膳の顔には怒りは影をかくしてしまって悲しげな色が浮んだ。そして憂わしげな面持ちで老尼に縋《すが》るように言った。

『某の心には憂暗《ゆうあん》の雲が漂いおります。心弱いようなれど、古くから家にあって顔馴染の深い此者を見るにつけ心が傷んでなりませぬ。怒り易くなったもみんなそれが根でござります。何日かは老尼さまにだけその根本をお話申して、いささかでも心をくつろげたくなりました。』

『欝《うっ》するは宜《よろ》しゅうない。語らねば憂欝《うさ》は晴れぬものでござる。というて自分自身に問わず語りは出来もせず。そういうことには老尼が聴役《ききやく》としてはよい。善もなし、悪もなし、是もなし、非もなし、凶も吉も、ただ其処に現れる物体の判断付け次第というもの。のうそうではござらぬか。』

老尼は立上りかけた。老爺はそれに縋るようにして、

『一向に埒《らち》があきませいで、これでお帰りでござりますか?』

と得心のゆかぬ様であった。

『物は握れば離さねばならぬ時がある。離してあれば何時でも握られる。そうではないか?』

『では御座りましょうが、どんなにか……』

『いやいや力落しではない、今日の面会は思いがけぬほどよい出来じゃ。日ならずして再度お目にかかる時があろう。』

『また此処へ参るのでござりましょうか?』

『来るには及ぶまい。あまり繁々《しげしげ》私のような法体《すがた》のものが上ると、兎角《とかく》に人目につきやすい。尼と語りたいとお思いならば訪ねて下さる事もあろう。』

主膳は見送りに立ちながらこう言った。

『尼御《あまご》、今日の御無礼は平にお許し下されい。然しお訪ねいたしたくも、やがて御帰国でござろう。』

老尼は軽く首を振って、

『そうもなりませいでな、国を追われたも同然な幸之進などもおりますでな。』

『では此地にお止まりで御座るか。』

『板橋と申す宿のはずれの、野川の岸近く、一村の木立のあるところに、ほんのささやかな空庵が見えましたでな、其処をまず仮の宿としておりまする。』

主膳はうやうやしく辞儀をした。老尼は心にかかる雲もなげに飄然《ひょうぜん》と立出《たちいで》た。幸之進ばかりは力の抜けた、何やら腑甲斐なげな気持ちで後に従っていた。そしてどうした意味やら知られぬが、讒者《ざんしゃ》の舌でよほど悪い者にされているなという事だけは気付いていた。それにしてもあれほどお憎しみのある意気組に見えながら、よく幸之進を助けておかえしになったと思えば、まだまだあの若い主人は自分に、昔の面影の幾分なりと愛をとどめていてくださるのだなと、深い感慨にうたれて胸をつまらせていた。


『幸之進！』

『はい。』

『聴いたか？』

『はい、老尼さまから残らず伺いまして御座います。』

『そういう訳であるからな、怨んでくれるなよ。汝を憎んでいたことは重々詫《わび》をする。そして忝けない志にはこれ、この通り手をついて礼を云う。』

『何事をなされます。勿体ないことをなされて、私をお困らせなされて下されますな。何事もみな深い因縁でござります。』

『どうか、此後とも母子のものの面倒を見てやってくれよ、どうぞ私じゃと思うて其子を……』

主膳の声は涙に掻き消された。聴く幸之進も答えるすべをしらなかった。

『子と呼ぶもはずかしい身じゃ。親などとは一言でも言える身ではないわ。だが幸之進。』

呼びかけられても幸之進は差《さし》うつむいていた。

『見せてくれとは言いにくいが、会せようとて連れて来てくれたものならば……』

幸之進は主膳が何を云っているのかと思った。ふと気がつくと、主膳は自ら耻たように顔を赧《あから》めていた。

『幸之進、未練と笑うであろうが、晴て逢う事の出来ぬ倅《せがれ》を一目見せてくれ。』

幸之進はハッと気が付いた。その気なればこそ、息せき飛んで来たものを、自分の懐にしっかり抱えたまま渡そうともしなければ、顔を見せようともしなかった。意地を命の若武士に顔を赧めさせてまで口をきらせたことが、意地悪い復讐のように見えて、見苦しいことであったと、幸之進は周章《あわて》ふためいて、つッと主膳の身近くに摺《すり》寄った。

『和子さま、さあ待兼《まちかね》た父上へ御対面で御座ります。』

と言って、主膳の手を持添えさせ、抱かせるようにした。

凝《じっ》と見詰めていた主膳の眼からは、止度《とめど》もなく涙が走った。何時か幸之進の手を離させて、ひしと胸に抱いている。夏の入日のあとは、まだ残光を漂わして、飽《あか》ず見入る親の眼に、健《すこや》かな丸い白い顔が顔一面に笑みかけてうつった。

『和子様、たんと抱いてお頂きなされませ。この後またとおねだりする事は出来ないので御座います。貴下《あなた》はお父上一人をたのみにして、明るい世界へ出てお出《いで》なされた。その父上にはじめて御対面なさるのでございますぞ。』

涙声で、幸之進は無心のものへむかってくどくどと言った。言われたものは愛くるしい笑いをこぼして、ああ、ああ、と機嫌よく語りながら、丸っこい手を開いて父親の涙の頬を打った。

『御覧じませ、御覧じませ。何事もおっしゃることは出来ぬが、人見知りもせずにああして片言をおっしゃりかけてお在《いで》なされます。なあ和子さま、母上に代って、貴下がお腹の中に居たころの、日々の責めの愁《つら》い中を、死ぬといわれても生ていた、あのお苦しみをお語りなされませ。母上の御恩で、日の目を御覧じやるのだという事もお語りなされませ。』

幸之進は言いかけたらば、もう言わずにはおかれぬというふうに、息もつかずに述立《のべた》てた。

『この幸之進奴は、奥様に密夫《みそかお》の手引きをした上に、お逃がせもうす手だてを仕組み、貴下様のお顔を汚させたばかりでなく、その騒動にまぎれて御金子《ごきんす》まで盗んで逃げたとのことに、御知らせがあったそうに御座りますな。私奴が左様な事をするものかせぬものか、思召しもあろうものを——いやいや決して我身のことは申上げませぬ。おいたわしいは奥様でございました。御懐胎《ごかいたい》のことが知れると、座敷牢へいれ日毎の御呵責《ごかしゃく》で、相手を言えとの御憎しみでございました。そして死ね、家名を汚した淫者《いたずらもの》自害して詫せよと、御実家の母上までが御一緒になって、御隠居さまと代る代るに御折檻《ごせっかん》でございました。それを凝とお堪え遊ばして、我夫が御帰宅までは、決して自侭《じまま》なことは出来ないとお言張りなされ通したので、密夫の名を夫に明そうとする不貞者《ふていもの》め、主膳が慈悲深いゆえに命を助かろうとして言伸すであろうと、それはそれは厳《きつ》い御怒りで、殺そうとまでなされたのでござります。奥様は夜もおちおち眠る事も出来ませねば、食《めし》あがりものも迂闊《うかつ》にはお口に入れられないような、それこそ此世からの餓鬼道《がきどう》のお苦しみもおしのびなされたのでござります。私奴はあまりのおいたわしさに、ある夜そっと牢の格子近くにまで忍んで参りました。その時に奥様は——奥様は……』

幸之進は袖を顔にあてて声をあげて泣いた。漸く気をとり直して断々《きれぎれ》に、

『その折のお顔——私はもうお命は断たれたものと思いました。生ていたいと思召ていた、お心が此世へ止まって、姿容《かたち》ばかりが残ったのと存上げました。痩《や》せて痩せて、すがれた草のようなお手をお出しなされて、私の手をおとりになりました。そして（幸之進、お前だけは知っていてくれるね）と細々とおっしゃりました。私が、これはお助けもうさなければならないと思ったのは、はっと、そのお言葉で思いついたからなのでござります。其実は私奴も、おいたわしいとは思っておりましたが、どうした間違いであろうか、これはお輿入《こしい》れ前に何か入組んだ事情があったに違いない。何にしても御不運なお方様だと思っただけで、ただただ、あんなにもしないで、食物だけは差上げたらばよかろうにと存じただけの御見舞いでございました。けれど、（幸之進、お前だけは知っていてくれるね）と仰しゃった御一言で、思いあたったのは、あの、如月《きさらぎ》明けの、春寒い夜のことで御座いました。』

立っても居て堪えやらぬさまに身悶《みもだ》えをしていた主膳の顔色は、青さよりは土気していたが、その折押出されたように切ない呻吟《うめき》を洩した。

『お覚えがござりましょうな。』

幸之進は主膳の呻吟を聞いて安心したような落付きを顔色に示した。

『ああそれで奥方様の冤《むじつ》は晴れました。いいえいいえ、何の私奴がそれを表沙汰にいたしましょう。奥さまとてもそれほどの責苦にも、一言も唇の外へお洩しにならなかったことでございます。三千世界の者が密夫の種だともうしましょうとも奥様はお堪えになるのでございます。貴下様さえお心に覚えがあればあのお方の御苦節は報われるのでございます。あの折裏庭の忍戸を開けたのはわたくしめでございます。御輿入れになってから一刻もお側にお在なされた事のない奥様を御不憫《ごふびん》と思いまして、火急の使者でお召になって、直また忍んで御発足ということを、ちらと耳にいたしましたゆえ、御文でもお差上げなされませと、そっと奥様にお勧めいたしたのは私奴の差出た罪でございました。それがみんなこの根本になりました。忍んで出た戸の外に、あの松の梢に落る月影を眺めて、佇《たたず》んでお在になったのは、思いがけない旅姿の貴下さまでござりました。私は何も申上げずに、戸口の裏には、手紙の首尾を待っている方がお在になると知って、しゃに無に貴下様を、忍び戸口へ押込んでしまいました。』

と言って、幸之進は種々《さまざま》の入乱れた感慨のために言葉が途断《とぎ》れてしまった。主膳は唇を噛みきるほど食いしめて、機嫌よい赤子の眼に凝と見入っていた。

『それからでござります。私と、貴下様が揃っていなければ、奥様や和子様と御身の明りはたたないと思いましたのは——それゆえに、見付けられないように苦心に苦心して、やはりあの忍び戸口からお救いだし申したのでござります。金子は、奥さまが、父御さまの御情で、御輿入れのおりに武士の妻として万一の入用にとおもたせになったというのを、生れる子のために使いたいといって、私奴にお預けになったので御座ります。』

幸之進は重荷をおろしたので、どっかりと居くずれてしまった。主膳の胸の惑乱こそいたましいものであった。幸之進が興奮した物語りよりも、何も言わぬ赤子の眼の色こそ、彼《か》れの心をひしひしと切実に締付けた。彼れは泣くにも泣けなかった。胸は熱した火の棒を飲込んだように、焼けただれるほどの苦しみを受けていた。妻は、わが名のため、生む子のために、白刃と餓《うえ》との地獄の責めをうけ堪えて来たが、此身は尊い人情と愛を踏にじらなければならない絶対絶命の場におかれて、情と愛の締木《しめぎ》にかけられている。あの折我家の塀外を行過ぎかねて眺めていたのも、決して恥かしい心根ではなかった。幸之進に不意に飛出されて驚愕《おどろき》のうちにいつしか柔かい手に縋《すが》られていたのも、人間としての悦びに暫時《しばし》を忘れたのも、咎められれば即座に言ってしまって決して恥とは思わぬ。それが不用意な言葉の、たった一言から（誰にもいうなよ）と軽く口止めした事から、こうした悲嘆が生みだされようとは思いもつかぬ事であった。今更悔んでも代られぬのは、妻が夫の名に恥辱《はじ》を与えまいとした苦節が報われぬものになってしまった。おしんでも惜んでもおしみきれぬやるせない遺憾《いかん》さであった。武士がなんであろう、家門がなんであろう、そんなものを捨てしまっても男として生てゆかれる。夫として、親として、奉公する身より自由に愛し愛されもする。その為には捨ておしくない名である。けれどそうした心の底を妻は知りようもなかった。家名一点張りの家に生れ、嫁ぎ、御奉公に懈怠《けたい》あらせたとは言われまいとするために、悲嘆の淵をつくしてしまった。

彼れは国許の妻から来る筈の頼りをどれほど待ったか知れなかった。ふっつりと便りが来ぬようになってから、堪えかねた思いを文に書いたこともあった。その返事すら来ぬので今度はすこし怒りさえ加わっていた。其処へ思いがけぬ母親からの文が来て、嫁には不審のかどがある故謹慎させてあると書いて、汝の文は渡したとも渡さぬとも言ってよこさなかった。その後は何と言ってやっても妻のことについては一言も知らせてよこさなかったが、終《つい》に家出をしてしまった。それには歴とした密夫の証拠もあれば中立していたのは幸之進で、事の破れをさとると其身も逐電《ちくでん》して、剰《あまつさ》え少なからぬ金子《きんす》を持逃げしたと告げて来た。そして彼女の実家とも相談して、両家の面目にもかかわる事ゆえ、嫁女《よめじょ》は病死という事にして此世にないものとしてしまったゆえ、後日何事を申出るとも取上げるなとの添書《そえがき》もあった。舅《しゅうと》からの書面も来た。見付け次第に刀にかけられたい。生ておるのを恥と思うゆえに世にないものとして人別を除いてしまったという詫手紙であった。主膳の驚きはどんなであったろう。憎いとも思った。殺してもあきたらぬとも思った。然し分別がつくとどうも親達のはからいが当を得ていぬという不服ばかりが残った。然し舅は藩の大身で家老の上席である。我母は主家の生れを我家に下って来た人で殊更我為には継《まま》しくもあれば、武門のほまれということばかりを口癖にしている賢母でもある。してしまったという取計らいに対して、主膳は何を言ったところが及ばないことであるのを知りすぎていた。とはいえ、若き悩みは主膳を苦しめた。彼は妻を憎みはしたが愛してもいた。間違いの因《もと》もただ一人投出しておいたからである。妻の落度は寧《むし》ろ自分の責であると思いもした。他人に連れられて逃出させるほどならば、あの夜、あれほど別れを惜んだ時に、何故自分のあとを追ってくるのを許さなかったであろうか。主膳はそれを思う度毎に身が痛くなるほど彼女が慕わしかった。

諦めよう諦めようとしつつ幾月かを経た。家中ばかりではなく、知己《ちき》の者は競って縁談をもって来た。妻の実家からは厭応《いやおう》云わせぬように、不義ものの妹ではあれど親が見込んであるゆえとの内談もあった。殿はお手許から選んでくだされようと、四方八方から競って口入れはあるが、主膳の心はすこしも楽しまなかった。さればこそ老尼にだけ自分の心を打明けようとして来たのであったが、思いがけぬ顛末《てんまつ》を老尼の方から語りだされたので、主膳は夢かとばかりに身を堅くして聴いていたのであった。幸に――幸だと思った。恰度《ちょうど》その折清鏡尼が居合せなかったのを主膳は幸いだと思った。陰にでも居るときけば、とても生ているものを、亡人として葬《ほうむ》ってしまったという酷《むごた》らしいことを語れはせぬ。居ぬ間にこそ、ありのままに我心の奥底も老尼だけには知っていて貰いたいと思った。そして幸之進も清鏡尼も留守の庵に老尼と、差向って、暑い日中も忘れて心底をあかしたのである。妻も愛《いと》し子も可愛し、さりとて親々に恥かかして迄《まで》以前《もと》にかえすという事は時代のならいが許さなかった。今日までの辛抱をいますこし堪えつづけてくれれば、浮世のきずなの一切を断って重い家門という名目の伽《かせ》から離れて、離れがたい親と子が信実の生活を営《いとな》もうとの切なる思いを披瀝《ひれき》した。

老尼は大きく頷いて言った。

『苦労は深かったが、報われる事も広大なものじゃ。』

主膳は生る甲斐ある生涯が目の前に展《ひら》けてきたように闊然《かつぜん》として、そして逢いたい思いを堪えて一まず帰途についた。

それと行違いに外に出ていた幸之進は帰って来た。そして老尼の言いきかせるのを夢中になって聴いていたので、死んだ体《てい》になったものはどうもという風に聴取ってしまった。それで夢中になって後を追って来たのであった。言いたい思いは短い言葉に息せきと述べてしまった。ほっとしてから、さて主膳が何と云うかと待っても待っても答えがない。堪《たま》らなくなったので

『貴下様はこのお可愛い坊様を、お捨になりますか？』

と詰《なじ》るように問うた。すると主膳は、

『はて大切《だいじ》ないものではないか、此子《これ》のために妻はどれほどの苦しみを忍んだか汝《そち》は見ていたであろう。その妻と子を捨たら私には何が残る。』

言葉にこそ叱る調子はあれ、その底には言うにいわれぬ思いが含まれてあった。幸之進の眼は急に光りをました。


近き再会を約して、立別れてゆく方はもう夕靄《ゆうもや》がせまっていた。主膳は編笠《かさ》を深々とかむったが、我子の抱れて佇む方を振りかえり振りかえりした。

と、道の小曲りに行くと来かかった尼僧がある。夕暮れなればか檜笠《かさ》をぬいで、傍目も触らずに摺《す》れ違って急いでいった。主膳はその若尼に行《ゆき》あうと地に足を吸われたように立止った。かすかなかすかな顫《ふる》えがやがて全身に行きわたって疫病のように顫えた。

尼は美しい面をやや赧《あから》めて汗をぬぐいながら歩み去ったが、森の出はずれに赤子を抱いた幸之進の姿を見出すと一層足を早めて駈けるようにしていった。幸之進がしきりに手を振って何事か云っているのは我事を知らせようとするのだと主膳は察したが、子の方へと曳《ひ》かれてゆく妻の後姿に、跪《ひざまず》いておがみたいほどの敬虔《けいけん》な心持ちをもって、凝《じっ》と見詰めていた。

（一九二〇）

解説

『小鳩』『林檎』『燕来る日』『尼僧物語』

『小鳩』は、いわゆる少女小説で、淡い女性同士の情感の交流が描かれている。その世界の向こう側には、海外航路での出来事を経てハワイの男性のところに嫁ぐというリアルな物語も配置されている。その汽船での事務長との恋愛劇は、国木田独歩の最初の妻で、有島武郎『或る女』の主人公葉子のモデルとなった佐々城信子の事件を連想させる。あるいは『或る女』の設定を使ったのかもしれない。面白いのは倭文子にとっては、事務長よりもハワイで待っていた婚約者のほうがたくましく、また情熱的で、その存在は『或る女』の葉子にとっての事務長に相当するということだろうか。いずれの船中劇も社会の縮図のようなもので、こうした設定はとても効率的な出来事表現ができるということなのかもしれない。

『林檎』の魅力は、明日嫁ぐ、みちよと御幸の幼なじみ同士の会話に組み込まれた、幼い恋心の確認を交わす場面に、次元が異なる大人の言葉が差し込まれることだろう。七、八歳の頃の出会いを懐かしむ二人に、みちよの母の通俗な道徳からの言葉「オツコーさんもすこしは遠慮さっしゃい」で「二人は冷たい水をかけられた」ようになる。たとえ嫁入り前のセンチメンタルな思いにみちよがひたっていたにせよ、この言葉が、二人の会話をより純真なそれとして浮かび上がらせることになったのだ。

一転して『燕来る日』は、薄幸の少女おさわの日常生活である。燕の軽やかさと対比される小動物のなかで、おさわはそれらと同じように生きている。それはある意味たくましいのだが、もちろん悲惨でしかない。少女小説のいわゆる上流の淡い恋心の世界から、このおさわの底辺の世界まで、題材を変えて短編世界を連鎖させて読んでもらった。

短編としてまとめられたこの多様な表現領域は、さらに『尼僧物語』を加えて時代小説の世界へと原本で案内していた。年老いた尼僧と二人の弟子尼露月尼と会心尼の庵に、ひとりの駆け込みの女が住み着くことから、この物語は始まる。事情を持った新しい女弟子清鏡尼のために、老いた尼僧と二人の弟子尼は揺らぎ、さらに役人の圧力で庵を老尼と清鏡尼は旅立つことになった。江戸に着いた一行は、まず老尼が北陸の大藩の邸で松原主膳と会い、実はその妻であった清鏡尼との誤解を解くという人情劇である。ここにはまた、近代の家族制度が持つ問題が仮託されていたのだろう。近代社会での女性のありかたに関心を向けた作家長谷川時雨にふさわしい題材が、これら作品には扱われている。また、作家としての関心の広さも同時にここに現れていた。

（江藤茂博）

✦パール文庫の表記について

古い作品を現代の高校生に読んでもらうために、次の方針に則って表記変えをした。

①原則として、歴史的仮名づかいは現代仮名づかいに改め、旧字体は新字体に改めた。
②ルビは、底本によったが、読みにくい語、読み誤りやすい語には、適宜付した。
③人権上問題のある表現は、原文を尊重し、そのまま記載した。
④明らかな誤記、誤植、衍字と認められるものはこれを改め、脱字はこれを補った。

✦底本について

本編「小鳩」「林檎」「燕来る日」「尼僧物語」は、三上於菟吉・長谷川時雨著『令女文学全集　第十三巻』（株式会社平凡社、昭和5年）を底本とした。

✦パール文庫作品選者

江藤茂博〈えとう・しげひろ〉

長崎市出身。高校や予備校の教師、短大助教授などを経て、現在は二松学舎大学文学部教授。専門は、文芸や映像文化さらにサブカルチャーなど。受験参考書から「時をかける少女」やミステリー他の研究書まで著書多数。

✦表紙・本文イラストレーター

ましま

宮城県出身東京都在住。本棚と枕元は、漫画とミステリー小説でいっぱいです。これからも頑張ります。代々木アニメーション学院イラストコンテスト入賞者。

パール文庫《ぶんこ》
林檎《りんご》

平成27年4月10日　初版発行

著　者　長谷川時雨《はせがわしぐれ》
発行者　株式会社 真　珠　書　院
代表者　三樹　敏
印刷者　精文堂印刷株式会社
代表者　西村文孝
製本者　精文堂印刷株式会社
代表者　西村文孝

発行所　株式会社 真　珠　書　院
〒169-0072　東京都新宿区大久保1-1-7
電話(03)5292-6521　FAX(03)5292-6182
振替口座　00180-4-93208

ISBN978-4-88009-613-1
Printed in Japan
カバー・表紙・扉デザイン　矢後雅代
イラスト　ましま（代々木アニメーション学院）

「パール文庫」刊行のことば

「本」というものは、別に熟読することが約束事ではないし、ましてや感想文や批評をすることが必然なわけでもない。要は面白かったり、楽しかったりすればいいんだ。そんな思いで「本」を探していたら私が子供のころに読んだ本に出会った。

その頃の「本」は、今のように精緻でもなければ、科学的でもない。きわめていい加減だ。でも、不思議なことに、なんとなくのどかでほのぼのとして、今のものとは違うおおらかさがある。昔の本だからと言って、古臭くない。かえって、新鮮な感じさえするし、今とは違う考え方が面白い。だから、ジャンルを限定せず、勇気をもらえたり、心が温かくなるものをひろって、シリーズにしてみたいと思ったのが「パール文庫」を出そうと思った動機だ。

もし、昔の本でみんなに読んでほしいと思う作品があったら推薦してほしい。

平成二十五年五月